JOÃO FRANÇA

UMA TRAGÉDIA PORTUGUESA

ROMANCE

FUNCHAL
2017

FICHA TÉCNICA

Título: *Uma Tragédia Portuguesa*

Autor: João França

Foto da capa: Passagem clandestina de emigrantes portugueses nos Pirinéus, Março de 1965. © Gérard Bloncourt
19 rue Charrière - 75021 Paris

Edição:

Editora Madeirense

Editora Madeirense
Funchal - Madeira
Tel. (351) 965347219
E-mail: editora.madeirense@gmail.com
Editora Madeirense

1.ª Edição – Dezembro de 2017

Local de edição: Funchal – Madeira

Design gráfico: Duarte Miguel Barcelos Mendonça

Impressão: CreateSpace, uma empresa da Amazon.com

Local de impressão: Carolina do Sul, Estados Unidos da América

ISBN: 978-1979836920

Depósito Legal: 418078/16

Não há autor que não ponha em sua obra
um pouco da sua alma.

Jacinto Benavente

PREFÁCIO

De sombras. Faz-se, assim, este romance inédito de João França que foca o olhar num país que, nos anos 60, sofre, de tal modo, as dores da miséria e do medo da guerra, que empurra os seus homens para fora.

De clandestinidades. É, assim, construída a vida de Pedro dos Anjos, entre a aldeia e Saint-Denis, entre a França e Portugal, entre a vida e a(s) morte(s).

De restos. Compõe-se, deste modo, o que sobra – na mala, no olhar, na esperança.

É, pois, deste modo, que o narrador conduz o leitor pelos caminhos da emigração clandestina, um submundo povoado de traições e de solidariedades, de gritos calados na solidão gelada das noites, de silêncios.

Ir a salto para França é a solução de Pedro dos Anjos [e de outros homens, que isto de fome e de medos não é para todos] para enfrentar o futuro. Vai ao encontro de uma França que "tinha dinheiro e queria casas novas", levando, no peito e no sentido, aquilo que os fazia [a todos] arrancar as raízes do chão e partir: "uma casa de habitação, um bocado de terra lavrada na aldeia onde nasceram".

A vida do emigrante português, nos subúrbios de Paris, é contada com a mestria de quem conhece ou de quem já ouviu contar da dureza do trabalho, dos sacrifícios, dos olhares sobre a cidade, a da Torre Eiffel e do Moulin Rouge, das cartas lidas e escritas com as palavras do próprio, recriadas pelas mãos dos outros, do modo como as remessas chegavam às casas e às mulheres que tinham ficado plantadas no chão português da terra.

Encontramo-lo de volta à terra. Ao cair da tarde. Escondido. Vazio. Trilhamos, com ele, os caminhos do contrabando. Sentamo-nos à mesa das tabernas da raia, partilhando o pão dos ciganos e o vinho solidário de quem vive na noite, de quem vive da noite, sem lumes acesos de cigarros, com asas nos pés, ao abrigo dos olhares e das carabinas.

Ouvimos os tiros e cheiramos a morte. Fugimos com ele, de novo. Na noite. Às escondidas. Ainda mais vazio. Partilhamos com ele dezoito anos de História. A dele. A de Portugal.

Nesta narrativa, o país ["-Sentado no banco dos réus, o criminoso chama-se Pedro dos Anjos, quando deveria chamar-se Miséria Nacional. Alimentada por remessas..."]. Padrasto. Pedro só conhece as letras do seu nome, a força dos seus braços e o amor à mãe. Pouco mais. Portugal já lhe tirara a esperança e o irmão, emprestado a uma guerra que não era a sua e à qual fugira. Havia de lhe roubar outra coisa, a humanidade.

Ao Duarte Mendonça, agradecemos a capacidade de resgatar este texto do esquecimento e de o ter trazido à luz. O país que João França apresentou neste romance já não é o mesmo. A vida também não. Nem nós. Mas é preciso que a memória não morra no silêncio dos arquivos. E é preciso saber de outros *Pedros* que enfrentaram as noites e não pararam à voz do medo. É com eles que se faz Portugal. É por eles que somos [também] Portugal.

Graça Alves

Um trémulo vaivém de sombra, recortado pela luz solar e vibrado pela viração na folhagem da figueira, parecia saltitar na terra do quintal.

De pêlo mosqueado, branco-cinza e algo tigrino, um gato se esforçava para agarrar uma dessas sombras fugidias, sem mais o conseguir.

O facto de sempre ficar a sombra por cima e não por baixo da pata, nem por isso o animal desistia do intento. Talvez esperasse um possível descuido da sombra e então veria nas garras o prémio da persistência.

Não longe dali alguém estaria a imitar o gato, mas com outras preocupações, embora sem perder a paciência. Se medida era a distância pelo golpe de vista, a ver sem dificuldade, estava a paciência a não medir o tempo, ainda que medisse o cigarro aceso, a consumir-se entre os dedos.

As moitas escondiam o corpo do homem, em cuidados de vigília, mas não os efeitos denunciadores do cigarro: de dia, o fumo; de noite, a brasa, dariam nas vistas da gente do lugar. E isso ele evitava.

Secretamente, viera ele das lonjuras da França onde talvez jamais voltasse. Dependeria tudo da verdade ou da mentira de uma missiva, à semelhança da sorte ou do azar das cartas do baralho e dos números da roleta.

Uma coisa, porém, parecia certa: a persistência. Bem podia o gato cansar-se da sombra fugidia e dormir sossegado; o homem, não. A verdade não era uma sombra. E quem se cansava na busca da verdade não devia lançar-se na aventura de a procurar.

Sentado na terra estreme e de olhar atento, ali estava ele desde manhã. Lá ficava o pequeno terreiro, quintaleco entre a orla do caminho e o casebre caiado. Porta e janela com vestígios de tinta verde. Por cima, telha escorrida debaixo de pedras, por causa do vento.

No centro do quintal, uma figueira sem frutos nem alegria viçosa, o que era natural, visto a velhice da árvore e o começo do mês de Maio.

Em toda a manhã, e só por duas vezes, avistara a Rosalina, a ir vazar baldes de água na latrina – casinhoto isolado, junto à sebe de caniços, a limitar o terreiro no lado do Poente. Só mais além se localizavam outras moradias um tanto mais jeitosas.

A mais próxima ele lhe avistava o telhado, sem pedras protectoras. A casa do Antunes da Loja, seu antigo patrão, com estabelecimento na vila, no qual vendia de tudo, desde o açúcar aos carrinhos de linha. Bem se governava o velho Antunes.

Claro, nada tinha contra ele, a não ser o ter gerado aquele filho, um doidivanas presunçoso, com a mania das conquistas. Caso falasse verdade a carta anónima, poria as mãos no fogo, jurando que o mencionado tipo, a visitar-lhe a mulher, outro não seria senão esse safado.

Ali estava para ver com os próprios olhos. Estafasse ou não a paciência, a hora certa havia de chegar.

A seu lado, entre as moitas do ermo, a maleta de viagem, sem nada de muito importante, excepto a pequena automática, com seis balas. O resto eram exactamente restos. Resto de aguardente comprada em Espanha; resto de um maço de cigarros, resto de um macinho de notas de vinte escudos. Apenas três.

Há um mês tinha sido um pouco mais rico. Tinha visto a maleta com algumas sandes, dinheiro francês e espanhol e uma camisa, a que tem vestida, que a outra, já rota, a jogara fora, mal atravessados os Pirenéus.

Também possuíra um relógio de pulso, sem saber para quê. Comprara-o na Feira das Pulgas, em Paris. Só se fosse para ver as horas de noite, que de dia nunca precisou nem precisava.

Desde pequeno, nas redondezas do lugar onde agora se encontrava, jamais precisou de relógio para saber a quantas andava. O Sol, alto; a sombra, no chão, e o tempo era medido. Deus também lhe tinha dado a fortuna da orientação geográfica, estivesse onde estivesse. Lugar pisado e visto era lugar lembrado para sempre, de dia ou de noite, assim como a cara das pessoas vista uma vez.

Em sua riqueza material também tivera um anel de ouro no dedo, a aliança oferecida pelo seu amigo e padrinho de casamento, ali mesmo e há pouco mais de dois anos. Com um abraço, dera-lhe o Arlindo do Poço, enquanto que a senhora Matilde, mulher do Arlindo, oferecia a aliança à noiva, agora sua mulher, Rosalina de Tomar.

Um dia, sem saber de que modo, foi-se a aliança. E coisa estranha: não teve grande pena. Quase sempre o anel era um incómodo. Nos dias quentes de Verão, enterrava-se-lhe na pele do dedo; nos dias frios do Inverno, tornava-se largo, como se quisesse fugir. E fugiu, se calhar para dentro de um dos baldes de cimento, por ele carregados para a obra em construção.

Ainda assim, andara a perguntar aos colegas se não tinham achado o anel. Os dois mais íntimos, o Juca e o Anselmo, principalmente o Juca, sempre pronto para a brincadeira, aventara a ideia de ele o ter perdido de propósito: queria fingir-se solteiro, para melhor engatar as francesas. Aquele Juca...

A Rosalina não tornara a aparecer no quintal. Terá ela trocado a manhã pela tarde, quanto ao seu trabalho em casa do padre Francisco? Em quinze, dezasseis meses, muita coisa pode mudar na vida de uma pessoa. Disso tinha ele a certeza. Mudar por fora e por dentro. Por fora, o calejamento das mãos, dos ombros, das costas, que quem ganhava calos jamais os perdia, antes os aumentava, por dentro, mudava-se o sossego em inquietação, devido às pressões da dúvida.

Há mês e meio andava a suportar um tremor arrepiado, espécie de calafrio a ir da nuca aos rins, seguido de aperto na boca do estômago. Deixá-lo apertar, que lá por isso não iria desistir. Que se lixasse o calafrio!

Com o resto da aguardente molhou a boca. A passar depois a costa da mão pela boca, deu pela barba crescida. Não era para estranhar. Aonde já não iria a derradeira vez em que vira a navalha na cara? E pra que pensar nisso agora? A crescer, seria uma barba negra, rija, de homem de trinta anos, a mostrar calos nas mãos, nos ombros e nas costas. Sinal de trabalho duro, carregos pesados e de tanto chão áspero onde tivera de dormir.

Primeiramente, criança trabalhadora e rapaz a trabalhar; depois, homem dos bidonvilles nos arredores de Paris, por força teria de mostrar calos.

Ninguém alguma vez o mandou à escola, nenhuma outra que não fosse a dos campos da lavoura, dos celeiros e estribarias, adegas, eiras e chãos para varrer.

Se aprendeu a soletrar e a desenhar as letras do seu nome, talvez tarde demais, devia-os à bondade paciente da senhora Matilde, em tardes de domingo.

Mesmo diante do aprendiz, dizia a mestra ao marido: "Este rapaz é inteligente, atencioso e tem boas maneiras".

Por assim dizer ainda no começo, as lições acabaram-se naquele domingo em que o pai se viu obrigado a ir ao hospital da vila. E lá ficou. Dias passados, mandaram-no embora, porque, disseram, o fígado não tinha conserto e que o melhor seria morrer em casa.

Três anos volvidos era a vez da mãe a arder numa febre que ninguém sabia explicar. Já o Emílio, seu irmão mais velho e único, estava na tropa, na cidade.

Passados meses o Emílio veio despedir-se dele e lá partiu, a fim de defender o chão da pátria em terras da África. E nunca mais voltou.

Sinais de Rosalina viva, nenhuns. Do gato, também não. Estaria a dormir a sesta. Um gato ainda bastante novo. Dera-lho o Arlindo do Poço no dia de São João de há dois anos. Uma nica de bichinho a pedir amizade. Trouxera-o para casa, aquela mesma casa agora vigiada, a casa onde nasceram e morreram os seus pais.

No fundo, estava ainda para saber-se inteiramente ou não agradecido ao Arlindo do Poço. Não era apenas a oferta do gatinho, mas sobretudo o empurrão para o casamento com a Rosalina de Tomar e depois o encorajamento para o salto, pelo caminho dos ciganos.

O próprio Arlindo era apologista entusiasta. Também ele dera o salto há vinte anos e conseguira trazer de França dinheiro para erguer uma casa digna desse nome e montar um negócio de secos e molhados na vila.

Sem reservas, tinha por autêntica a amizade do Arlindo então demostrada, mas talvez o tenha de culpar da desgraça de agora. Certamente, não agira de má-fé, antes pelo contrário. Quem ajudava um amigo a melhorar a vida é porque tinha bons sentimentos, coisa um tanto rara neste mundo. Tinha ouvido dizer que a inteligência ajudava os homens a serem bons. E o Arlindo, dez anos mais velho do que ele, mostrava ser inteligente.

Tal diferença, porém, não fazia mossa nas idades. Em acontecendo a ocasião, juntos andavam e se divertiam com as mesmas coisas, principalmente nos arraiais, diante da barraquinha dos fantoches ou dos tirinhos, para quebrar pucarinhos de barro. Em termos de pontaria certeira, melhor era ele que o seu amigo Arlindo.

Antes partir pucarinhos do que matar pardais, tal o obrigara o Antunes da Loja, seu antigo patrão, a pôr-lhe nas mãos uma caçadeira de dois canos. "Caça o mais que puderes, para que não dêem cabo do trigo". Mentira. O que ele queria era ter em casa e na loja passarinhos fritos.

Há três anos, no Verão, pela altura da feira das castanhas, dera sem querer o seu primeiro passo para o casamento. Empurrara-o o Arlindo, com todo o à-vontade de pessoa entendida no assunto. Dissera, com a alegria de quem descobre a felicidade:

– Pedro, olha ali. Repara naquela beleza de moça. Essa vestida de preto junto da saca de castanhas. Tem ar de ser boa alma. Deus do céu, o que não será uma cachopa daquelas... Inda não lhe vi os dentes, não, mas devem ser grãozinhos de granizo. Vê aqueles olhos... olhos de cigana do Alentejo. Uma brasa...

Apreciou a moça e gostou. Apenas isso, que o resto não adivinhou.

– Então, Pedro, meu rapaz, bonita ou não?

– Vejo que sim. Tá interessado nela? – Nunca foi capaz de o tratar por tu. – Não se esqueça... Vossemecê é casado.

– Se tou interessado nela não é pra mim; é pra ti. Diabo, não queiras ficar pra tio! E tio de quem? Nem sobrinhos podes ter. Se não me engano, vais a caminho dos trinta e precisas de uma mulher quanto antes. Quem sabe se não será aquela?

– Vossemecê está louco. Na minha ideia, ela tá casada.

– Casada? Porquê?

– Sempre ouvi dizer que a moça bonita casa cedo.

– Ah, sim?! Então vamos tirar isso a limpo. Anda daí.

Entre as moitas, olhos atentos ao quintal, revia ele a cena na feira das castanhas, com uma certa saudade, porém reservada, visto a desconfiança estar de permeio, a tirar-lhe o sono, a roer-lhe a alma. Oxalá fosse toda uma calúnia e letra daquela carta. A fim de certificar-se, ali fazia ele das tripas paciência. A hora da verdade há-de chegar.

Puxando-o, abeirou-se o Arlindo da vendedeira de castanhas e entrou de conversar sem cerimónias. O natural embaraço da gente viajada. Eram dela as castanhas? Não, senhor. Eram da patroa. E o seu marido não veio consigo?

Riu-se. Não tinha marido. E, se não tinha marido, era porque não queria casar. Um marido era sempre um saco de rifas vendidas num bazar. Entre cem, ninguém sabe do número premiado. Tinha visto muitos exemplos, aqui e além. No começo tudo era doce. Pêssegos maduros. Depois, limões de dar a volta ao estômago.

O Arlindo gabou-lhe as falas. Sim, senhora, era viva, esperta, com ditos de doutora. Contudo, pensasse bem. Exemplos bons também havia. Por mais pequena que fosse uma igreja, sempre cabia a imagem de um santo. Atreveu-se a uma pancadinha no ombro e foi dizendo:

– Moça bonita, este meu amigo, aqui, é um santo. Não tem pai nem mãe, vive sozinho em sua casa, casa própria, veja bem, e precisa de se casar o mais depressa possível.

Com essa e outras mais arengas a coisa foi pegando. Enquanto durou a feira, lá estiveram ele e o Arlindo junto das castanhas, a saber coisas da vida.

A moça, de seu nome Rosalina, era criada de servir em casa de gente rica. Como não raro acontecia a outros, ela viera ao mundo sem pai. Nascera longe dali, lá para os lados de Tomar.

Porquanto podiam imaginar, a coitada da mãe tinha sido uma mulher marcada pela vergonha de ser solteira e ter uma filha.

Outra inquietação vinha agora do estômago. Previra o essencial para a caminhada desde a raia até ali, mas subestimara a importância de um naco de pão a certa altura do dia.

Razão tinham quantos acreditavam na voz imperiosa do estômago. Voz a não voltar atrás, a comandar batalhões de seres na guerra da conquista do pão e a fazerem revoluções sociais.

Na maleta uma garrafa vazia, três notas de vinte escudos, dois retratinhos seus e uma pistola. Comprou-a a um cigano, algures em Espanha. Quanto tinha em pesetas, mais uma nota portuguesa de cem e o relógio de pulso, trocara por essa arma em segunda mão. E tudo por causa de uma carta anónima.

Bem lhe tinham dito não confiar em cartas desse género. Mas também se dizia não haver fumo sem fogo. Se assim era, caminharia ao encontro do fumo até encontrar o fogo, não à distância mas debaixo dos olhos.

Em apenas catorze meses aprendera alguma coisa a respeito dos homens e naquela zona de Saint-Denis, a norte da cidade parisiense. Seriam mais de uma centena de infelizes na felicidade de juntar uns dinheiros para amanhã, quando chegasse a hora do regresso. Comprar uma casa, um bocado de terra, serem patrões de si mesmos. Eram portugueses, marroquinos, tunisinos, sudaneses a viver como Deus bem sabia. Antes de mais, economizar implicava sacrifícios.

Se Deus sabia, também sabia ele. Contudo, jamais esquecera a Rosalina. Ajudado pelo Silva, ali a cuidar-lhe da féria, recebia ela a mesada através do Padre Francisco, cura da aldeia e celebrante do seu casamento.

No fim estavam os cigarros. Tabaco escuro comprado num lugarejo espanhol. Vício recente, adquirido junto do Juca, esse Juca levado dos diabos e já com seis anos de França e de construção civil.

Ele e outros Jucas iam aguentando o ajoujamento sem

cuidados de um regresso a curto prazo. Deixai acumular-se o dinheirinho no Banco! Mesmo a viver em condições precárias, eles se sentiam felizes, talvez porque não tivessem pontos de referência, para comparações realistas, em termos de vivência. Meras teorias, simples suposições aceites com naturalidade ante os diversos modos de vir e andar no mundo.

Guardavam-se restos do julgamento da criação divina de senhores e servos mantida para todo o sempre. Acreditava-se na aberração de um escravo aceitava a escravatura como coisa natural.

Talvez assim pensasse a maioria antes do salto além-fronteiras. Alguns abririam os olhos, ganhariam outra mentalidade nascida do discernimento das comparações sociais. Viam a diferença dos ganhos, dos salários, com o dinheiro a ser aforrado, coisa que jamais haviam visto em terras da pátria-mãe.

Não fora o casamento e talvez tivesse desprezado a ideia do salto. Aqui e acolá, nisto e naquilo, com saúde e vontade de trabalhar, ganhava o bastante para viver sem preocupações. Noite fechada, dia após dia, regressava ao casinhoto, dormia de um só sono até o amanhecer e se levantava com o cantar dos galos. E ala à vida, no campo ou nas lojas a carregar sacos. Trabalho não faltava.

Apenas uma preocupação se fazia tormento quase todas as manhãs. Ao acordar e mirar-se, voltava-se-lhe o pensamento para esta ou para aquela mulher acesa pela imaginação no fogo do desejo. E vinha o inevitável delírio da fantasia, a fim de que o desejo se apagasse.

Vinha isso de longe, mesmo antes do irmão ir às sortes, e continuou depois, já com ele na guerra da África. Possível seria dar-se a mesma coisa com o Emílio. A verdade é que nunca deu por isso. Para mais, o Emílio era recatado.

Com a morte da mãe, passaram os dois a dormir no quarto com janela: o irmão na cama, por ser mais velho, e ele na enxerga, no chão de terra batida.

Antes, dormiam no cubículo, junto à cozinha, e no mesmo colchão. Não tinha memória de ter dormido noutro lugar do casebre. Esse recanto, por ser escuro, não o deixava ver o clarear do dia. Todavia, o instinto o acordava na hora exacta.

Agora, livre da enxerga, servia o cubículo de despensa, isso após a vinda da Rosalina. Mal sabia ele que esse quartinho iria servir para algo mais...

Voltou a olhar o Sol, já não por cima da cabeça mas afastado, certamente para além do fim do Tejo. E o estômago a queixar-se. À vista, nada para comer, nem uma reles azeitona. Entre a fome e o cair da tarde, não sabia qual seria o pior. Se até aí nada de novo avistou no quintal, com o escuro da noite menos avistaria.

A fome era diferente: de dia ou de noite era sempre igual, aqui ou além. O estômago parecia não tolerar faltas de compromisso. Contudo, estava ele certo de aguentar-lhe o protesto por mais umas horas ou por mais um dia.

A afirmativa levara-o a pensar nos grevistas da fome, em prol de reivindicações. Por quanto ouvira dizer acerca desses casos, tais grevistas aguentavam dias e mais dias sem comer coisa nenhuma, e só por amor de uma ideia, se não de todo um ideal a chamar atenções e consciências, respeitos e justiça.

Muito diferente não seria o seu caso. Ali estava a sacrificar-se por amor da verdade. Pesasse ou não pesasse o sacrifício da fome, primeiro estaria uma pergunta à espera de resposta.

Dizia a si mesmo não pensar mais em comer, enquanto não descobrisse a verdade, quando deu pela súbita aquietação do estômago. Nisso a pensar, chegou à conclusão de que o bucho o tinha entendido e decidira colaborar...

Mal caísse a noite por completo iria espreitar mais de perto. De luz não precisava para descer a vereda. Bem a conhecia. E não só a vereda. Toda a povoação, caminhos, descampados em redor, até à estrada para Santarém, Tomar, e Castelo de Vide, ninguém o viesse ensinar, de dia ou de noite. Mais além, durante o salto para a estranja, então sim: precisara de guia. Montes e vales eram diferentes de quantos tinha visto antes. Altos e compridos, ruins como o diabo. Chuva, vento, neve e granizo.

A ideia de saltar a meio de Dezembro pertencera ao Arlindo. Em seu bestunto, essa era a melhor altura para a travessa, tanto na Espanha como na França. Toda a gente, incluindo os guardas, descuidava os deveres rotineiros em vésperas de Natal.

Para os guardas já bastava a confusão nas fronteiras, com tanta gente a querer passar depressa, principalmente os emigrantes legalizados, a transportar malas e maletas. Comboios e mais comboios a despachar e automóveis em bicha de quilómetros.

Assim, era preciso aproveitar a maré, essa melhor maré do ano em qualquer parte do mundo, com fronteiras vigiadas e, nessa vigia, cada país lá tinha as suas razões.

Preciso também seria olhar o futuro, aproveitando o presente para sair da cepa torta. Casado, um homem tinha de pensar na vida e na família. Fizesse como ele, Arlindo, havia feito e visse agora como ele vivia. Casa nova, negócios a andar.

O dinheiro para a viagem? Emprestar-lho-ia sem juros. Dinheiro suficiente para comer e pagar os guias. Bem os conhecia. E faria mais, isso que ninguém fizera para ele: escreveria uma carta de recomendação a um amigo, em Paris. Trabalho garantido. Por mais gente que aparecesse, mais gente era preciso na construção civil. Os franceses pagavam bem. A França tinha dinheiro e queria casas novas.

O Arlindo era um amigo, sempre pronto a ajudar. E, já que teria de pensar no futuro, abraçou a ideia. Um dia seriam ricos, ele e a Rosalina.

Para maior segurança e evitar percalços, dois guias seriam precisos, um até ao fim da Espanha, e o outro, para o receber na fronteira francesa e o levar a Paris. Cavalo novo ou velho, ninguém olhava o dente, desde que trabalhasse. Nem interessava o facto do cavalo ali chegar legal ou ilegalmente. E ele, Pedro dos Anjos, era mais do que ilegal; era refractário da tropa, embora refractário inocente. Só soube depois, quando lho disseram. Por que diabo o não tinham chamado antes? Era como se não tivesse vindo ao mundo, não fosse ao baptismo nem à comunhão.

Talvez devesse uma tal incúria ao facto de jamais ter pago impostos directos, exactamente porque lhe davam uma féria sem recibos assinados. Por vezes, nem isso. Em vez de dinheiro recebia mantimentos em paga do trabalho. E a vida andava sem mais preocupações.

Desse modo, ali sempre ele andou numa espécie de zero à esquerda da existência.

Esferográfica de tinta azul traçara a letra canhestra e em linhas tortas no papel da carta.

De modo lento e algo inquieto foi ele soletrando, dentro do possível, mas sem entender o escrito. Soletrou, voltou a soletrar e nada chegar a uma conclusão esclarecedora.

Inimigo das coisas deixadas a meio, decidira pedir auxílio ao Juca. Embora brincalhão, o Juca não era pessoa para negar um favor aos colegas dessa faina de cimentos e tijolos. Algo cabotino, gabava-se de não ser parvo, pelo simples facto de, segundo afirmava, não haver parvos na Figueira da Foz. Escrever, não gostava, ou talvez não soubesse, mas parecia soletrar com desembaraço. Por isso, pedira-lhe que soletrasse a carta vinda da terra. Da Rosalina não seria, visto serem outros os traços e a cor da tinta.

Juca mirara a folha gatafunhada e foi mexendo a boca sem qualquer espécie de som, o que era para estranhar. Em vez da leitura escutada, vira-o afastar a vista do papel e ficar a olhá-lo, farto de pestanejos, à semelhança de quem vê e não acredita no que está a ver. Sem entender tal atitude, pergunta:

– Então? Lês ou não lês?

Juca coçara o queixo, como se daí quisesse arrancar a resposta, sem o conseguir. E ele repetira:

– Então? Lês ou não lês?

O Juca gaguejara:

– Se queres que te diga... não entendo. É muito confuso. Não percebo patavina. Acho melhor pedires ao Silva que te leia isto, caso estejas interessado. – Devolvera o papel. – No teu lugar, eu não ligava a isso. Deitava fora.

– O quê? A gente recebe uma carta da terra e deita fora? Que raio de coisa essa?! Não entendo. Explica.

– Já disse. Se tás interessado, procura o Silva. Ele sabe ler e lê muito bem.

Disso já sabia. Só que era aborrecido andar sempre a

chatear o Silva com pedidos para ler, que para escrever cartas para a Rosalina pagava-lhe cinco francos cada. Tabela igual para todos. Também ele cuidava das contas, passar recibos e pôr o dinheiro no Banco. Tudo certo. Para ler, não; não cobrava nada, mas só lia uma vez. Nada de abusos, porque, segundo ele, não tinha culpa da má memória dos outros.

Um duro, sim, mas bom sujeito, o Silva. No seu barracão fazia escriturações e, cá fora, vigiava as obras nessa zona de Saint-Denis. Um homem atarefado e de poucas palavras. Tinha vindo da Marinha Grande há dezoito anos. Diziam-no enriquecido. Se estava, continuava a trabalhar. Dezoito anos de calos franceses.

Sem outro remédio, lá foi chatear o Silva. Tinha de saber por inteiro a reza da carta. A hora era a do almoço e isso queria dizer estar o Silva no barracão a mastigar a comida cheirosa, vinda de fora.

Como iria ser recebido não sabia. Dependia do fígado. Não seria a primeira vez a vê-lo gritar "agora não posso, não tenho tempo". Embora entendesse a recusa, tinha o analfabeto de se sentir humilhado. Cão corrido, com a tarde estragada.

Receoso, lá foi andando na direcção daquela barraca de porta aberta. Sozinho, sentado à mesa, o Silva parecia pensar na morte da bezerra. Palito ao canto da boca, *Gauloise* aceso entre os dedos, olhar fixo no tecto.

– Dá licença?

– O que queres tu?

– Se fizesse o favor... Ler esta carta.

– Diabo, muitas cartas recebes tu! – Bem disposto, gracejou: – És um tipo importante. Nem o Presidente da República.

– Nem por isso. Há mais de um mês que não recebia uma carta.

– A tua mulher tem recebido a mesada?

– Julgo que sim. O padre Francisco é um homem sério.

– O teu padrinho Arlindo, também, ou não?

– Sim, senhor. Também é sério.

– Acredito. Deixa cá ver isso. – Começou a ler: – Amigo Pedro, há uma coisa que precisas de saber e que te vou dizer porque sou teu amigo e os amigos são prás ocasiões como na cadeia e no hospital que eu cá sou assim mesmo que me conheço e que há um gajo que anda a ...

Sem tirar os olhos de cima do papel, o Silva parou de ler em voz alta mas lia para si, sem mexer os beiços.

Se o Juca coçara o queixo, o Silva coçava a cabeça. Cuspiu

fora o palito, sacudiu para o chão a cinza do cigarro e só então perguntou:

– Quem é este teu amigo? Sabes?

– Não sei. Veja o nome dele.

– Pois o diabo é isso mesmo: não tem nome nenhum. Queres um conselho? Deita isto fora e vai à tua vida. Não ligues a cartas sem assinatura. São coisas falsas, brincadeiras de mau gosto, maneiras de gente sem vergonha. Uma data de cobardes. Faz o que te digo: vai à tua vida. E pronto. Boa tarde!

– Essa agora! Não entendo. Porque não quer ler até ao fim? Diz mal de mim? Seja franco, que gosto da franqueza. Leia o resto. Quero saber tudo.

– É mesmo? Queres saber tudo?

– Pois claro. Vá lá, leia. Deve ser coisa importante, se não não me escreviam. Não acha? O senhor não acha? Diga.

– Acho. Mas sempre foi melhor prevenir que remediar. Sabes? Há coisas do diabo. O melhor é a gente fechar os olhos, tapar os ouvidos e passar adiante. Pedro, faz de conta que não recebeste carta nenhuma e vai trabalhar.

– Por favor, leia. Se não quer ler diga, seja claro. Vou arranjar quem leia, nem que eu tenha de ir ao fim do mundo.

– Lá isso não. Espera. – Longa pausa. Ponta do cigarro no chão, pé em cima. – Pedro, já que não desistes, já que não aceitas um conselho amigo... bom... vou acabar a leitura. Tens o direito de saber quanto te diz respeito. A tua vida é tua e de mais ninguém. Mas antes tens de me prometer uma coisa: pensar, pensar muito e de cabeça fria. Não faças maluquices, não estragues a vida por causa de... É o diabo. De resto, quem sabe se tudo não passa de uma reles intriga? Até nos amigos, que se dizem amigos, não podemos confiar sem mais nem menos. Pedro, a vida tem coisas de espantar a gente. Quando não é a amizade a mudar de cor, à laia dos camaleões, e a dar a facada nas costas, é o amor a enveredar pelos caminhos da traição. Fácil sempre foi agente acreditar na seriedade dos outros, nas juras de honradez, no abraço apertado de um amigo. E tudo porque só depois a verdade aparece. Demora, sim, mas chega. Pedro, seja o que for, de pouco bom ou de muito mau, não percas a cabeça. Nunca ouviste dizer "patrão fora, dia santo na loja"?...

– Que quer o senhor dizer com isso?

– Que entendas a vida e tenhas calma. Chegou a hora de voltar ao trabalho. Vai e não penses em cartas disparatadas. O pior dos males tá na gente acreditar sem ver. Anda, vai trabalhar e depois falo contigo.

– Não senhor! Tem de ser agora. Faça o favor. Pela sua saúde, leia.

– Prometes ter calma?

– Prometo.

– Se prometes, acho bem que saibas... No entanto, não acredites sem ver. Essa é a única saída das ciladas do destino, para qualquer um de nós.

– Leia.

– Vou ler. O resto é contigo. Depois, não me culpes... – Leu:
– ... há um gajo que anda a entrar e sair às escondidas da tua casa, à tarde ou à noite como eu vi com estes olhos que a terra há-de comer.

Ergueu os olhos, viu e temeu aquele olhar. Apenas o olhar, por medonho, que o resto era imobilidade e palidez.

Não voltara ao trabalho nessa tarde. Nem nessa tarde nem nunca mais. Tarde, noite e dia seguinte andara ao acaso, com a cabeça cheia de pensamentos maus, como diria o padre Francisco, em alusão aos pecadores.

Pensando, acabara por consolidar a única ideia aceitável: ver para crer.

Caída a tardinha e com lugar já sem a presença dos colegas, voltou a procurar o Silva. Embora fechada a barraca, viu luz na fresta entre o chão e a porta. Bateu, decididamente. Nem receios nem timidez. Carta e pensamentos tê-lo-iam alterado, até mesmo o modo e tom de voz.

Ouviu perguntar "quem é?" e, depois, "o que quer?" como não soubesse quem ali quem ali estava.

- Quero falar consigo. Coisa rápida.

Pela nesga da porta entreaberta, o Silva se inteirou da verdade do vulto.

- Ah, és tu! Entra. Porque não vieste trabalhar? Bem. Não digas nada. Eu entendo. Sim, entendo, mas isso passa. Leva tempo mas passa. - Reparou. A palidez havia desaparecido, para ficar a marca da fadiga. - Pois é... Com o tempo a gente acaba por aceitar tudo...

Continuava o Silva a falar em tom de quem tem pena e nada pode fazer, enquanto tinha ele os olhos postos naquela arma empunhada.

- Tás a reparar nisto... Não tenhas medo. Isto não é pra gente de bem. Mas sempre é bom uma pessoa se acautelar. Há quem não goste de mim. Sobretudo, os vadios, os que dormem em cima do trabalho.

Viu-o guardar a pistola na gaveta da mesa, agora com papéis espalhados.

- Que queres tu de mim? Fala depressa, que não tenho muito tempo. Algum conselho?

- Nenhum. Só quero que o senhor me dê dinheiro e me

dispense por algum tempo.

– Pra quê?

– Não me pergunte nada. Ante a firmeza da decisão, o Silva não insistiu. – De quanto precisas?

– Não sei ao certo, mas quero bastante.

– O dinheiro é teu. É só rabiscares o cheque. Quinhentos, setecentos, oitocentos francos? Chegam?

– Tá bem.

– Claro, não tenho essa quantia aqui comigo. Passa cá amanhã, à hora do almoço.

Dormir ou não dormir tanto fazia nessa outra noite ao deus-dará. A não ser agora, jamais tivera embaraços para adormecer e dormir a sono solto a noite inteira. E, de um momento para o outro, bastava a mais leve desconfiança, ainda que estribada na dúvida, para que tudo se alterasse dentro de um homem. Em acontecendo a sonolência, o pesadelo acontecia.

Aquando da última féria, ficara com uns cobres no bolso como era hábito. O mínimo possível, por causa das tentações. Um maço de *Gauloises* chegava para a semana. Nas noites de sábado e domingo tomava um copo de tinto na companhia do Juca e do Anselmo. E nada de abusos. Era preciso pensar no dia de amanhã, lá na terra. Pensamento generalizado no mundo dos emigrantes: uma casa de habitação, um bocado de terra lavrada na aldeia onde nasceram. Mas sempre faziam jeito uns cobres no bolso de uma pessoa. Por exemplo, agora, para comprar um bocado de pão.

Ao acordar com o raiar do dia, sentado num recanto, reparou na roupa vestida e nas botas calçadas. O casaco e as calças ainda remediavam; as botas, não. Já se mostravam a arejar os pés, embora precisassem de aragem. Uma tristeza. E lembrar-se da alegria de andar descalço, lá na terra. Ali, não. Não o deixavam mostrar os pés, como se fosse fidalgo da cidade.

Tinha de ser: gastar mais uns cobres dos grandes num par de botas, que outro remédio não via. Sabia aonde ir comprar mais em conta: na Feira das Pulgas, não muito longe dali. Aprendera o caminho com o Juca no dia em que precisou do fato-macaco para o serviço de ajuda-pedreiro. E lá voltara mais tarde, porque também era preciso mercar casaco e calças. Tudo pago a pronto, que a Feira das Pulgas não era a loja do Antunes, com rol para assentar.

Em recebendo o dinheiro das mãos do Silva, veria o que fazer de si na feira e no destino.

Pelo sol e pela sombra calculou as horas: meio-dia, meio-dia e tal. Foi andando na direcção daquele mundo de cimento armado e de gigantes de ferro barulhentos, sim, mas a obedecerem à vontade dos homens de fato-macaco. Dentro em pouco, tudo aquilo iria sossegar durante uma hora, para que os fatos-macacos engolissem a bucha.

No barracão o Silva fazia o mesmo, com certa diferença: a bucha era menos bucha e mais apetitosa. A mesa tinha toalha, pratos de loiça e copo de vidro.

A mastigar, parecia bem disposto. Disse "És servido?", depois de ter dito "Entra". Se era... Porém, negou-se: "Muito obrigado". E lá veio a mesma conversa. Que pensasse, que não fizesse asneiras, que o melhor seria deixar-se ficar, ganhar dinheiro honestamente e nada como o tempo para afogar tudo quanto era dor e desgosto.

A ouvir o Silva, ia ele pensando naquela arma vista na véspera e guardada na gaveta. E lá devia estar ainda. Uma atracção ruim, a mexer com ele. A fazê-lo magicar. Nosso Senhor era testemunha de como nunca roubou coisa nenhuma a ninguém, a não ser um pêro ou um cacho de uvas, que tal pecado até o padre perdoava na hora da confissão. Apenas dizia, na sua arenga de sempre: "Deus criou os pêros e as uvas e os homens criaram a propriedade. De forma que as uvas e os pêros têm dono. Pensa nisso. Vai e não voltes a roubar".

Também dissera o padre que este mundo era um vale de lágrimas e um quintal de pecadores. Sim ou não, pecado a mais, pecado a menos, pouca diferença faria.

Se, por sorte, o Silva precisasse de ir lá fora mijar, ele roubaria a pistola. E tivesse paciência. As coisas haviam mudado e a culpa não era sua. Mas não. O Silva parecia estar ali de pedra e cal e bexiga vazia.

Deu-lhe o dinheiro contado. Oitocentos francos, dos novos, claro. Jamais vira tanto dinheiro em suas mãos. Dinheiro ganho a carregar tijolos e baldes de cimento fresco. Ter de o gastar agora fazia doer a alma mas teria de aguentar até saber a verdade, isso sem falar dos tormentos de uma tão longa viagem. E sorte, muita sorte já seria se não viesse a ser apanhado antes do fim.

Em seus conselhos prosseguia o Silva:

– Não caias na patetice de viajar de comboio, desses comboios que passam fronteiras. Lembra-te de que não tens documentos. Vai como vieste, já que teimas em ir. Bem... Adeus e boa sorte. – Viu-o virar costas e chamou: - Pedro, ainda tás a tempo de recuar. Não?

– Não, senhor.

– Então aqui fica o resto do teu dinheiro. Mando-o ao padre Francisco?

– Deixe ficar.

A mais ninguém teve a coragem para dizer Adeus. Impedia-o a vergonha de encarar os colegas, principalmente os companheiros de barraca, o Juca e o Anselmo. Amigos que talvez se rissem dele. O Juca teria entendido o teor da carta. Só que fugira à revelação da verdade, caso verdade fosse aquela pouca-vergonha. Não lha quis dizer, cara à cara, mas talvez, pelas costas, a dissesse aos amigos. O costume: gozar com a infelicidade dos outros.

Bem sabia como era aquele mundo de barracas emporcalhadas. Não bastavam as moscas, as baratas, as pulgas, os percevejos, os chatos para os preocupar. Acima de tudo parecia estar a vida alheia com os seus azares e pecadilhos dignos de risota, como se fossem encantos de um novo Paraíso. A rigor, não o faziam por maldade deliberada, senão por divertimento de quem mais nada tem com que se entreter. A inconsciência, a baixa mentalidade, a imaginação rasteirinha igualavam esses adultos calejados aos garotos irresponsáveis. No fundo e de modo geral, eram sociáveis, prontos a dar amizade, de serem amigos do seu amigo.

A maioria cuidava de se lavar nas manhãs de domingo. Cá fora, no meio do abarracamento, haviam montado um chuveiro, alimentado a baldes de água, isso principalmente no Verão. Revezavam-se no virar do balde, lá em cima. Uns, faziam a barba, e outros, cortavam o cabelo de parceria.

Uma quase festa as manhãs de domingo, com essa gente a pensar na tarde, ora para descer ao centro da cidade e ver o Sena, ora para jogar à bisca e tomar um copo, até chegar, na manhã seguinte, a realidade do trabalho duro, ao sol ou à chuva.

De princípio dormiu no chão. Depois o Juca pegou numas tábuas, em quatro barrotes, uns quantos pregos e fez-lhe uma cama em três tempos, sem lhe cobrar um tostão.

O Juca e o Anselmo dormiam num beliche, de pés altos, por causa dos ratos e das baratas. Com esse cuidado também fora feita a cama. Verdadeiro amigo, o Juca pensara nisso, para seu bem-estar.

Por muito amigo e santo seja um homem, horas havia em que a vergonha falava mais alto do que o amor e a santidade. No pensamento dessa gente, amigos ou somente colegas, caso já soubessem da vinda daquela carta, ele era um marido atraiçoado. Isso não diriam eles, para apenas dizer "corno". Ele era corno.

Cerrou os dentes e andou. Andou e andaria, desse por onde desse, quanto à caminhada, que não a vontade de caminhar, por de mais decidida. Quanto ao sentido de orientação, ninguém duvidasse. Caminho trilhado uma vez era caminho guardado na memória. E no topo da memória lá estava a imagem daquela imensa barreira a separar a França e a Espanha. Ouvira-lhe o nome quando lá chegou: Pirenéus. Belo e estranho lugar, pelo verde da floresta, ravinas, prados e veios de água à farta, mais no lado francês e menos, muito menos no lado espanhol. Chão íngreme, custoso, traiçoeiro, pela pedra escorregadia, pela erva molhada, pela neve abundante. Ou seria somente porque o Inverno ali andava, feito vento em chicotada, granizo, chuva?

Caso o não apanhassem antes, veria como eram os Pirenéus no Verão.

Embora já usadas, via-se de botas novas, um boné de pano cinzento e uma maleta, semelhante à lancheira dos operários. Tudo comprado na Feira das Pulgas. Por simples capricho, também ali comprara um relógio de pulso, em aço. Depois, iria perguntar-se para quê uma tal jóia? Só se fosse para a consultar de noite, que de dia lhe bastavam o sol e a sombra para ver as horas. Com igual liberalidade, tratou da política dos câmbios. Dividiu o maço de francos em duas partes e trocou uma delas em pesetas. Um monte de pesetas. E ala, a caminho da Espanha.

Sabia estar ela no lado do Poente e que, para esse lado, havia uma terra chamada Bordéus, e mais para diante, no fim da França, uma outra com o nome de Handaia, ou coisa parecida. Em chegando aí era o mesmo que chegar à Espanha. Bastava rumar um pouco mais para Norte, sem se aproximar do rio, feito fronteira. Mais ou menos a meio da estrada, daria com o poiso dos camionistas sedentos ou necessitados de uma bucha.

Há catorze meses ali se dera o encontro com o segundo guia, esse a o passar para França. Agora, seria ao contrário. Alguém teria de o ajudar no salto para a Espanha.

Feitas as contas, assim no ar, não faltaria muito para todo um mês de caminhada, ora a pé, ora de comboio, embora detestasse um tal transporte. A culpa era da ansiedade, na pressa de chegar ao destino. Uma confusão de um santo perder a cabeça. Nunca um só comboio directo ao lugar desejado. E toca de saltar de um para outro, desses de terceira classe, impedidos de passar a fronteira.

Não fora o medo da polícia e teria dito umas coisas àquela gente, ali a caçar-lhe o dinheirinho em troca de cartões amarelos. Nisso, sim: parecia não haver justiça na França. Em vez de dar uma pacadinha nas costas de quem lhe construía as casas, fazia um pobre de Cristo passar tormentos em comboios a andar às avessas. Ainda por cima, diziam, por gestos, ser a culpa sua e não deles. E como se isso não bastasse para derreter um tipo nessa canícula francesa, lá vinham o suor em bica e a inchação dos pés. Claro, as botas não ajudavam.

Em sendo possível descansava à beira do caminho ou na berma da estrada, com os pés a arejar. Não fosse o tormento interior, criado por aquela maldita carta, e talvez as coisas tivessem outra cara, incluindo os comboios, com calor e tudo, mesmo a França inteira, a ser vista com outros olhos, os olhos da justiça.

Então não pagava ela o trabalho de quem trabalhava? Pagava. E pagava muito bem. Só em catorze meses, sem falar nos gastos diários, amortecimento de dívidas ao Arlindo e mesadas à Rosalina, podia ver a maleta quase cheia de notas bonitas, afora as que ficaram nas mãos do Silva.

Sendo assim, pecado seria dizer mal da França. Com a sua riqueza, estava ela a crescer para cima. Arranha-céus por todo o lado e tudo gente rica. Bom proveito. Ele poderia vir a morrer de uma doença qualquer, menos a inveja. O pior era a falta de sorte em tudo quanto punha um resquício de esperança. Imaginava uma coisa e acontecia outra diferente, como poderia estar agora a acontecer.

Esperava encontrar um certo tipo naquele restaurante à beira da estrada e não via ninguém de cara parecida. Camionistas comendo, bebendo, conversando. Uma dúzias de caras, mas nenhuma com aquelas feições guardadas na memória. Bigode pequeno e olhos grandes, pretos, por baixo de um barrete castanho. Sendo agora Verão, o homem terá trocado esse barrete por outro mais leve, ou talvez nenhum. O verão também ditava leis.

Sem topar a cara procurada, via-se de mãos amarradas e de coração apertado, por não saber o que fazer de si. Perguntar pelo homem, por sinal ainda jovem, nem isso estaria ao seu alcance. Nem lhe sabia o nome completo, somente o de Paco, nem sabia explicar-se em língua dessa gente.

Fosse apenas por isso, ou porque sentisse o olhar de alguém em cima de si, o suor, nas costas, se fez gelo. Ainda assim, evitou mostras de intimidação. Voltou-se e fitou quem o fitava. Um só instante. Porém, o tempo suficiente para o não esquecer. Também esse tinha bigode preto, mas algo diferente do outro homem. Polícia à paisana?

Passou por entre as mesas, abeirou-se do balcão e, com um gesto, pediu um copo de vinho. Ao servir, o homem perguntou, talvez mais por divertimento que por bisbilhotice:

– Espanhol?

Meneio negativo.

– Italiano?

Idem.

– Português?

Sacudiu a cabeça.

O outro continuou a falar. Um monólogo, que diálogo não havia. E o suor feito gelo nas costas. Que diabo queria o homem, com tanta conversa? Feito com a polícia ou só para brincar?

A fingir-se despreocupado, puxou do maço de cigarros e da caixa de fósforos. E só então reparou no temor nas mãos. Contudo, acendeu o cigarro, sem despertar reparos. Findo o vinho no copo, apresentou um punhadinho de moedas. Que se servisse à vontade. E serviu-se, retirando duas moedas.

Afastou-se do balcão, já um tanto mais aliviado dessa pressão chamada Medo e da qual iria ouvir falar mais tarde.

A caminho da saída cuidou de saber se o homem de bigode preto ainda o estaria a olhar. Já lá não estava. E não pensou mais nisso. Pura impressão da sua parte. O medo fazia a gente desconfiar de tudo e de todos, até mesmo de um padre a jogar água benta num morto.

Outra vez na estrada ao Deus-dará. Andar para o lado do rio nem pensar. Lembrava-se do aviso do guia espanhol, quando dele se afastara para satisfazer necessidades orgânicas.

– Para aonde vai você?

– Vou ali fazer – e simulou pôr-se de cócoras.

– Para esse lado, não. Aguenta mais um pouco. Depois digo-te. – Andando, explicava: – Há olhos na outra banda, principalmente nesta zona. Anda, mexe os pés. Lá mais pra riba, veremos, quando a noite vier. E nem pensar na ponte. Foi chão que deu uvas. Agora não dá. E não foi por causa dos emigrantes clandestinos, quando trabalhadores, e sim por causa dos ciganos. Dizem que cigano não trabalha: furta. Claro, conheço ciganos trabalhadores. Embora vadiando, os outros fazem pela vida, à sua maneira, sem impostos nem patrões. Cigano não se fez a si mesmo...

A certa altura do caminho deserto, mais atalho que caminho, apontara um calhau enorme:

– Vai ali atrás e desova.

Ao vê-lo regressar, quis saber:

– Sabes nadar? – Não sabia. – Mas sabes andar com a água pelo umbigo, não sabes? Toda a gente sabe. Depois digo-te.

Nisso estava ele a pensar enquanto deixava para trás o

restaurante dos camionistas. Sabia-se andando para o lado sul, na direcção da cidade. Sem ideia alguma do que poderia fazer.

Nem cem passadas teria dado quando teve de recuar um passo, devido à surpresa e ao susto.

Sorridente, um homem de bigode preto avançava para si. Em espanhol deu as boas-tardes e acrescentou na mesma língua:

– Não se assuste. Não faço mal a ninguém. É que, segundo parece, tou lembrado da sua cara. Há um... dois anos?... Não sei bem. No entanto, mal o vi entrar no restaurante disse cá comigo: Este não será aquele português que eu vi na companhia do Paco, para dar o salto? E não foi só por isso. Lembra-se de quando caiu do banco daquela bodega, sob a pancada do sono? Não foi aqui, foi no outro lado, em Irun. Eu tava lá e ajudei o Paco a trazê-lo prá rua, porque lá dentro o Paco não queria perguntas sobre você. E agora? De quem anda à procura? Posso ajudar? Abra-se comigo à vontade. Sou da mesma religião do Paco. Quer saber qual é? Eu digo. No segredo tá a alma do negócio. Entendeu?

Deixara o coração de bater-lhe nos ouvidos. Quanto ouvira era verdade. Só que não tinha ideia de lhe ter visto a cara. E, se era companheiro de Paco, não podia ser polícia. Abriu-se, até porque outro remédio não tinha. Andava à procura de Paco, desse ou de outro Paco qualquer que o ajudasse a saltar para a Espanha. Quanto à fronteira com Portugal, arranjar-se-ia. Bastaria chegara a Valência de Alcântara, mais acima ou mais abaixo. Por ali passara algumas vezes, por ocasião das feiras, na companhia do Antunes da Loja, sem precisar de papéis carimbados. Caminhos de ciganos não faltavam.

Ouviu-lhe a pergunta:

– Tem francos ou pesetas bastantes para atravessar a Espanha? Comida, transportes?

– Tenho.

– Claro. Na França ganha-se dinheiro. Mas tome cuidado: fuja dos comboios grandes. Nem o Sud de Paris, nem o Lusitânia de Madrid.

Já ouvira isso na boca do Silva.

– Quer o senhor dizer que me pode ajudar no salto pró outro lado?

– Talvez. Quem não poderá é o Paco. Não tá cá. Foi a Algeciras tratar de negócios. Quanto a si, como vão as finanças? As coisas, por aqui, tornaram-se difíceis, mesmo complicadas. Tudo subiu e sobe de preço, sem a gente dar por isso.

Apontou a maleta:

– Tenho pesetas e francos.

– Assim é melhor. Veremos se chegam. Sabe? A guarda aumentou os postos ao longo da fronteira, por causa do contrabando. Mas poderei dar um jeito... Vamos andando. Beber um copo. Sei de um lugar de confiança. De resto, enquanto andar comigo, pode andar sossegado. Só peço que não faça asneiras, nada de nada a chamar atenções sobre si. Outra coisa. Dormiu bastante a noite passada? Não vá cair outra vez de cima do banco...

Ambos à mesa da taberna, entre labregos bebendo vinho e falando alto, o que era bom. Quanto mais gente e barulho, melhor, isso no entender do espanhol.

Toda uma onda de fumo de cigarro barato.

Na mesa de permeio dois copos, um canjirão de tinto, cigarros acesos e rostos aproximados, para que se ouvissem sem gritar. Já então o espanhol mudara o trato.

– Sabes uma coisa? O maior dos males de um fugitivo tá em se esconder na solidão de um quarto, de uma furna ou de um deserto. Se te queres esconder, mete-te no meio da multidão. Um homem sozinho dá nas vistas, sobretudo a caminhar num descampado.

Bebia pouco, como se zelasse pela limpidez das ideias.

– Vamos fazer um contrato, a sério. Vais confiar em mim, que eu em ti confio. Digo-te mais. Quanto eu ganho, dinheiro, claro, não precisa de ser lavado. Entendido? Ora bem. Ainda hoje vou tratar do teu caso e julgo conseguir aquilo que tu queres. Em conseguindo, falo contigo amanhã, antes do meio-dia. Por esta noite vais ficar numa casa de dormidas. Coisa barata. Eu levo-te lá. Terás é de sair cedo, porque o patrão não suporta mandriões. Este cedo quer dizer por volta das sete. Depois, a esperar por mim, não te afastes da zona nem te metas com ninguém, por nada deste mundo. Mesmo que vejas uma briga ou alguém a arder, não te metas. Afasta-te, antes que te façam testemunha. Seria o fim da tua viagem.

Outro cigarro e mais um molha-boca.

– Uma coisa importante... Tens um retratinho teu, género passaporte? – Não tinha. – Não faz mal. Vamos a uma das máquinas, e pronto. Já lá iremos.

À entrada de um supermercado fê-lo sentar-se no banquinho, meteu uma moeda na ranhura e disse:

– Tira o boné e olha para o espelho.

Carregou no botão de disparo, correu a cortina e afastou-se.

Quando calado o maquinismo, mandou-o sair e não tardaram a cair, unidos, três retratinhos na bolsa do nicho.

– Ficaste bem, sim, senhor, mas não vais ficar assim. Cheira a muito novo. Não tu; o retrato. Mas não há problema. Eu dou-lhe um jeito.

Separou um dos retratos e deu-lhe os restantes.

– Guarda.

Não só guardou os retratos como também a imagem da sua situação. Não fora a maldita carta e talvez achasse graça em tudo quanto agora se passava consigo.

A consultar o relógio no pulso, perguntou o espanhol:

– A que horas costumas jantar?

Tivesse apurado o sentido de humor e teria soltado uma boa gargalhada. Em vez disso, encolheu os ombros. Tanto fazia ser já como depois.

– Vou-te dar um conselho: não te deixes ir abaixo. Alimenta-te bem. Se adoecesses aqui, tavas tramado. Não tens um papel a dizer aos outros quem és nem de onde saíste. E eles não perdoam a quem anda por aqui sem um bocado de papel carimbado. Vais comprar umas sandes. Comes umas e metes outras na maleta. De seguida, levo-te ao dormitório. E falarei com o patrão, para que ele não te chateie com pedidos de papel e também pra que te arranje um cantinho encostado à parede. É mais seguro. E não percas a maleta de vista.

Compradas as sandes, pararam à entrada do *impasse*, a meio do qual já o candeeiro mostrava uma luz manhosa. Aí, um diante do outro, viera o ultimato, exposto de maneira clara

– Meu caro amigo, vai ser preciso dinheiro para as diligências a levar a cabo. Sem dinheiro, nada feito, porque nada se faz neste mundo. E não fui eu quem fez o mundo. O que terei de tratar esta noite, pra que possas dar o salto, não se faz de graça. Tenho de meter mais alguém neste processo. Disseste que tinhas pesetas e francos. Quanto?

– Uns trezentos francos e umas mil pesetas, mais ou menos.

– Bom. Dás-me metade dos francos agora e a outra metade amanhã? De contrário, nada feito. Dou-te as boas noites e acabou-se. E tás com sorte em não te pedir todo o dinheiro, hoje mesmo. Mas não, não faço isso. Tenho a minha consciência a dizer que tu és um tipo enrascado. Só que eu não sou santo, desses que fazem milagres.

Via-se entre a espada e a parede, mas antes a parede que a espada. Dar o dinheirinho, assim de mão beijada, a um desconhecido não seria loucura? E não andaria a loucura consigo há muito mais tempo? Já andaria desde o tempo do casamento com a Rosalina. Com essa ou com outra qualquer, vinha a dar na mesma. Claro, uma coisa era certa: um homem precisava de casar, já que Deus Nosso Senhor tinha criado o homem com testículos e posto na cabeça uma data de fantasias, com o nome de sentimentos. E lá vinham as loucuras, a ponto de não ver com quem casava.

Devia essa loucura ao seu amigo e benfeitor Arlindo do Poço, hoje seu padrinho. Ele o metera nesta enrascada, nanja por mal, visto ser uma santa alma, caso enganado não estivesse.

Fosse como fosse, o momento presente era outro: Via-se encurralado, sem outra saída que não a consola do dinheiro, se acaso o fizesse escapar.

Bem adivinhara as complicações da viagem antes de pedir ao Silva o dinheiro grande. E ele a dar conselhos: "É melhor ficar, trabalhar, ganhar dinheiro. O resto, tudo o tempo pagava".

Agora era tarde, tarde de mais. Ouviu o espanhol:

– De acordo? Sim ou não? Não posso perder mais tempo.

– Seja. E a que horas volta amanhã?

– O mais cedo possível.

Puxou o fecho da maleta, contou as notas francesas e deu-lhe metade.

– Amanhã leva o resto.

– Assim tá bem. Agora vais dormir e podes dormir sossegado.

Antes de alcançada a porta, com uma tabuleta iluminada, o espanhol parou, ficou a pensar, ou a fingir que pensava, e depois exclamou:

– Fantástico. És um tipo espantoso. Então tu, ao menos, não perguntas quem eu sou, onde moro, onde paro?

Abanou a cabeça.

– Vossemecê não vai querer a desgraça de quem já é desgraçado. Nem quero pensar nisso. Ainda há nadinha vossemecê disse que o resto era comigo. Agora sou eu a dizer que o resto é consigo. Sempre se disse que quem é honesto é sempre honesto. Mas se achar que toda esta minha desgraça não chega, só esta, porque tenho outra que vossemecê não sabe, então não apareça. Hei-de ver o que fazer da vida.

– Não digas mais nada. Com desgraça ou sem desgraça, já que nisso falas, posso garantir que o Paco não é mais honesto do que eu. Pode ser tanto mas não mais. Governo-me como posso, é verdade; safo-me bem, mas não roubo. Sobretudo aos pobres. Fosse tu rico, desses vadios a precisar dos meus préstimos, e eu virava-te do avesso. Só que os ricos enrascados são poucos. – Lembrou-se de ver as horas. – Diabo, tá-se a fazer tarde! Vamos subir. É no primeiro andar. – De súbito, mudou a decisão. – Vou-te arranjar coisa mais segura. Por vezes é o diabo nestas casas. Quando a polícia quer apanhar um tipo com contas no cartório, não se esquece de passar pelas camaratas públicas. À procura de um tipo, os gajos incomodam mil. Tão-se nas tintas.

A descer um pouco mais para o centro da cidade, com ele a reboque, desatou a falar de si. Por enquanto o nome não interessava, mas podia adiantar: tinha quarenta anos, mulher e dois filhos, não ali, em Handaia, mas em Irun onde morava com a família. A maior parte do seu tempo era vivida ali em Biarritz, cidades com outros recursos e nas quais o Franco não punha os pés. Gracejou:

– Sou mais ou menos uma espécie de escuteiro. Gosto de ajudar os outros. E há sempre alguém a precisar de mim. Ajudar os aflitos é algum crime?

Entraram numa rua estreita, que mais parecia travessa de outras ruas, e a cheirar a coisa antiga. Luz, quase nenhuma.

– Quando estou deste lado, moro aqui, ou seja, tenho quarto alugado numa casa decente. A polícia não vem cá, a não ser quando o rei faz anos. Vou pedir à patroa que ponha um colchão no quarto. Em regressando, durmo na cama.

Apesar de tudo, mágoas, preocupações, não sabia dizer se dormira muito ou pouco. Seu relógio, no pulso, apenas servia de enfeite e não de coisa útil, até porque se esquecia de lhe dar corda. Olhava os ponteiros sem movimento quando ouviu ruído de passos. O espanhol.

- Ainda não dormiste?

- Dormi.

- De luz acesa?

- É verdade. Não dei por isso.

- Devias ter dado. Luz acesa custa dinheiro. - E a despir-se: - Nada de conversa agora. Tou atrasado. Dorme. Falaremos depois.

Apagada a luz, dois minutos bastaram para que ouvisse a sinfonia do ressono.

Embora no escuro, mantinha os olhos fechados na esperança de readormecer. Um homem precisava de dormir, senão amalucava. A pensar nisso, acudira-lhe a pergunta: Por que diabo não dorme uma pessoa quando quer dormir? Quer dormir mas não dorme, apesar da vontade de dormir. Fecha os olhos, pensa no sono, e nada, a não ser arreliação, como era agora o caso. Desde o aparecimento daquela carta, nunca mais soube o que era uma noite inteira de sono solto, aquele sono de rapaz e homem saudável, após o dia de trabalho. Dormir devia ser como as outras coisas do corpo. Por exemplo, a gente queria mijar e mijava mesmo; dormir é que não.

Atravessando a janela, o raiar do dia o obrigou a abrir os olhos.

O espanhol continuava a ressonar do mesmo jeito, ruidoso, e como se em sua vida o Sol não contasse. Coisa de fidalgo a não ir ao campo nem a saber quando acordam os animais, sejam ou não de trabalho. Os galos serviam de exemplo.

Experimentou tossir, sem resultado prático. Sentou-se no colchão, enfiou as calças, calçou as botas e esperou sentado.

Sabendo onde ficava a retrete, lá foi. Ao regressar viu o outro de olhos abertos.

– Aonde foste?

– À retrete.

– Ouve lá: és estúpido ou quê?

– Fiz alguma burrice?

– Fizeste. Fizeste, e grande.

– Sim? O que foi? Não dei por isso.

– De futuro, vás onde vás, à retrete ou não, leva contigo a maleta, se na maleta tiveres a massa. Não queiras mais sarilhos. Quanto ao nosso contrato, não há pressa. Outra coisa. Não costumas fazer a barba?

– Ao sábado.

– Ah!

Também ele se vestiu, foi à retrete e voltou.

– Inda não são oito. Não é preciso correr. Vamos matar o bicho sossegadamente. É verdade... Precisas de saber uma coisa. Enquanto andares comigo, faz por te mostrar desembaraçado o mais que possas. Claro, não exageres, que exagerar dá sempre nas vistas. Nem oito nem oitenta. E nada de espanto nos olhos, mesmo que vejas a polícia a olhar para ti. Polícia ou seja quem for.

À saída do quarto encontraram a patroa de conversa com a criada, uma portuguesa madura, mais uma das tantas que por ali ganhavam a vida honestamente. O marido, se acaso o tinha, andaria a mexer nos comboios ou coisa parecida.

Ainda a tempo do aviso, disse-lhe o espanhol:

– Não fales. – voltou-se para a patroa: – Bom dia. Isto foi só por hoje. O meu amigo tá de passagem prá sua terra: a Turquia. Quanto a mim, cá estarei no sábado. Tenho de ir ver a família.

Alcançada a rua, deixou escapar uma gargalhadinha.

– Desculpa ter-te chamado turco. Foi só pra evitar conversas chatas. É assim em toda a parte. Um tipo aluga um quarto em casa de família e paga o aluguer, religiosamente. Mas não chega, nunca chega. Também é preciso aturar a patroa e mostrar boa educação, sim, senhora, pergunte que eu respondo, *et caetera* e tal, quando a vontade era dizer meta-se na sua vida e deixe a dos outros. Assim mesmo. Mas um homem, pra andar direito neste mundo, precisa de engolir cada sapo, que Deus bem sabe.

Ao virar da esquina e num *bistrot*, à moda de Paris, mataram o bicho e encaminharam-se para a gare. Olhou o relógio.

– Cedo. Oito e meia. A tua cebola tá certa? – Mirou-lhe os ponteiros: – Três horas... de quando?

– Nunca me lembro de lhe dar corda.
– És um gajo das arábias.
Na sala es espera sentaram-se num banco.
– Temos de esperar.
– Um comboio? Vou de comboio daqui?
– Talvez. Depende de uma resposta. Esperemos.
Nove horas. Nove e meia. Às dez abeirou-se-lhes um sujeito vestido de bombazina cor-de-canela; boina à espanhola e cara sem sorrisos. Abeirou-se e logo desandou, como se com isso quisesse dizer: cheguei mas não me sento.
O outro levantou-se do banco e disse-lhe "fica quieto" e foi alcançar o sujeito. No fundo da sala tiveram uma curta conversa, durante a qual os viu trocar qualquer coisa. Talvez papéis.
O sujeito deu meia volta e desapareceu pela porta mais próxima. Regressando, disse o espanhol:
– Vem daí.
A certa distância da bilheteira fê-lo parar, com um "espera" assoprado e avançou para o *guichet*. Quando aviado, volveu:
– Vamo-nos meter num comboio pra Biarritz. É pertinho. Pouco mais de meia-hora. Isto aqui é um movimento dos diabos entre as sete e as oito, todos os dias da semana. Não são os turistas, são os meus patrícios, quase todos de Irun. Vão trabalhar nessa linha, por aí fora até Baiona. Mão-de-obra barata. Trabalham em tudo, sob contrato: em restaurantes, hotéis, jardins, piscinas, praias, mercados, construções. Tudo. Vão de manhã e regressam à tarde, pra dormir em casa, no lado espanhol, isso ano após ano. Usam uma espécie de passaporte simplificado, sem cerimónias de carimbagem. É com esses trabalhadores que vamos regressar. Veremos como, caso haja sorte...
Biarritz, no Golfo da Gasconha. Ao cimo, na estrada para a cidade dos turistas e do jogo, fariam tempo para o almoço, porque, exactamente aí, sabia o espanhol de um restaurante mais em conta.
– Lá em baixo é fogo. Precisarias de trabalhar um mês pra comer dois ovos estrelados. Aquilo tá feito pra gente rica. Milionários. Tipos vindos ao mundo bafejados pela sorte, que a sorte é assim mesmo. Uma espécie de roleta caprichosa. Mesmo que um tipo, nascido pró azar, consiga ganhar uns cobres numa jogada de bambúrrio, esses cobres hão-de lá voltar, logo à segunda tentativa. É dos livros.
Almoçados, desceram à cidade. Pequena cidade de prédios

bonitos, jardins floridos, duas praias sem grandeza, uma piscina pública em forma de coração, ruas lavadas, estabelecimentos convidativos, mas nem um café lá beberam.

– Esta cidadezinha tem três atracções. Vou-te dizer quais: uma, a do turismo; outra, a das águas termais, que dizem curar os fracos e os nervosos, e a última, a dos meus patrícios em busca de trabalho um pouco mais bem pago, o que não acontece no meu país. A Espanha tá uma miséria. Portugal também. Não? Sei que tá. Sabes o que penso a esse respeito? É simples. Uma terra da qual a gente tem de sair em busca de trabalho razoavelmente pago devia fechar a porta e declarar falência. O que dizes tu?

Encolheu os ombros. Não sabia se o espanhol tinha ou não tinha razão. Para mais, falava depressa nessa língua um tanto parecida com a sua, sim, mas com uma data de palavrões sem ponta de entendimento.

Quanto ao sair da terra não foi bem por sua vontade. O Arlindo do Poço é que se pusera a pintar a França com a cor dos francos. Em meia dúzia de anos estaria rico. O tempo passava depressa e era preciso pensar no futuro, na mulher, nos filhos, na velhice. Portugal tinha casas do povo mas não reformava os camponeses. Mesmo os fidalgos da cidade só se viam reformados aos setenta e cinco anos, nem menos um.

Era tudo um mar-de-rosas na boca do Arlindo. Queria vê-lo metido nesta alhada...

Perto das cinco retornaram ao cimo onde a cidade começa.

– Não vamos embarcar aqui e sim mais adiante, no próximo apeadeiro, a caminho da Handaia. Não penses viajar de primeira classe... A esta hora não há classes. Quem tiver sorte vai sentado; o resto, de pé, à laia do gado pra feira.

À vista do apeadeiro, fê-lo parar.

– Agora, presta atenção. – Sacou do bolso um cartão com o retratinho dele colado. – Vais mostrá-lo à saída da gare e depois fazes o mesmo no outro lado. Não te deixes ficar pra trás. Mete-te no meio da gente e faz o que ela fizer, sem hesitações. Pelo amor de Deus, não fales, não perguntes nada seja a quem for. Em passando, segue em frente. E pronto. Tás em Espanha.

– E vossemecê?

– Não te perderei de vista. Só que a minha saída é outra. Falta uma coisa. Vais ver formarem-se duas filas para duas portas de saída. Dir-te-ei qual delas te vais meter. Primeiro, terei de ver a porta conveniente e depois digo-te. Mas se eu não te puder falar, farei um sinal. Presta atenção. Se eu coçar a orelha esquerda, entras na fila esquerda; se for na orelha direita, entras na direita. Entendido?

Esse movimento diário, de manhã e à tarde, de trabalhadores e trabalhadoras, tinha os benefícios da negligência do zelo gerada pela rotina, igual em toda a parte do mundo. Para o espanhol, ainda bem que assim era. Os fiscais já quase nem olhavam os passes oficiais.

No lado espanhol mais fácil ainda era a passagem, talvez porque houvesse menos preocupações com eventuais contrabandismos ou jogadas políticas. Longe, já com três décadas de distância, ia a guerra civil e o Estado franquista parecia de pedra e cal. Quanto ao lado francês, era diferente. Se não queria contrabandistas, dir-se-ia pouco incomodado com a presença do trabalhador clandestino. Isso era lá com os sindicatos. Em havendo roubo importante, sobretudo de pinturas célebres, então sim: apertava-se a vigilância nas fronteiras. E agora, felizmente, não havia notícias de tais roubos.

O espanhol foi olhar as portas de saída e escolheu a da esquerda. Ao regressar, coçou a orelha desse lado e viu-o meter-se nessa fila. Foi alcançá-lo mais adiante, para além da terra de ninguém, ou seja a ponte entre Handaia e Irun. Também ali a mesma rotina, senão pior ou melhor. Já se não ligava à leva, duas vezes por dia. No meio de tantas caras, acaso faria diferença uma a mais ou a menos?

Lado a lado, a caminho da cidade, pediu-lhe o livrete:

– Não o levarás contigo, nem por recordação. Tem o teu retrato, tem, mas o nome é espanhol e espanhol não falas. Tavas tramado se te apanhassem com isto. Acusavam-te de andares a burlar o Franco.

Irun parecia outra coisa. As pessoa falavam mais alto, cumprimentavam-se, discutiam, como se brigassem mas não brigavam. Aqui e ali o outro parava a falar com este e aquele, mesmo com mulheres, como se fossem de sua família. Quase igual à vida na aldeia ribatejana.

– Tou com sede. Vou beber uma cerveja. E tu?

Lá foram. À saída da taberna pôs as cartas na mesa, com aquilo que chamava lealdade:

– Meu caro amigo, a França acabou. Quer dizer: já não precisas do dinheiro francês. Passa-o pra cá e ficas com as pesetas. Tens dinheiro português? – Não tinha – Então acautela-te, caso mores longe da fronteira.

A passar-lhe os francos, lembrou-se do Silva, de arma na

mão. Dissesse a carta a verdade e uma coisa daquelas ia ser preciso. Não sabia que espécie de safado iria encontrar, se acaso lá chegasse a tempo de ver com os próprios olhos. No seu palpite, outro não seria senão o filho do Antunes da Loja, o Carlinhos impostor, a fingir que nasceu na cidade. Em sendo ele, melhor seria. Pena, nenhuma. Deus Nosso Senhor ia ajudá-lo a dar cabo do vaidoso.

– Por acaso não me pode arranjar uma arma em conta? Um revólver ou coisa parecida?

Viu-o pestanejar.

– Um revólver... pra quê? Queres assaltar um Banco?

– Deus me livre! É pra outra coisa.

– Ouve lá... Tás maluco? Pensa só nisto: tal como andas, sem documentos que digam quem és, apanhavam-te com um revólver. E depois? O fim do mundo pra ti. E pra que raio queres tu um revólver? Não me dizes?

Hesitou em mentir mas mentiu:

– Por causa dos ladrões.

– Nada feito. Com ladrões ou sem ladrões, desenrasca-te por ti mesmo e sem gritar ó da guarda, a não ser que te queiras ver engaiolado por uma data de anos. Depois, põem-te na fronteira, corrido, por indecente e má figura.

– Tá bem. Não se fala mais nisso. Não quero o revólver.

– Ainda bem. E sabes porquê? Por isto; ia escangalhar todo este meu trabalho, o trabalho de te pôr neste lado. Ou julgas que foi uma brincadeira?

– Não, senhor, não julgo.

– Assim é melhor.

Aconselhou-o a dormir ali essa noite e zarpar pela manhã.

– Portugal fica pra esse lado.

– Eu sei.

Tratou de lhe arranjar cama em casa particular e preveniu:

– Mete pão e água na maleta, porque às vezes há caminhos sem fonte nem padaria. Sabes ou não sabias disso? Bem. Agora vou-te dizer como me chamo. Sabes por que razão? Pra que saibas o nome de um homem honrado e o possas dizer em te lembrando de mim. Só o nome. O sobrenome não interessa. Portanto, Manolo, sem mais nada. Também podes crer nesta verdade: posso explorar um rico, sem dó nem piedade; um pobre, nunca. Não quero enriquecer à custa dos pobres.

Com o luzir do dia meteu pés ao caminho, na direcção do Sul. Lá mais para diante o Sol o apanhou de perfil, do lado esquerdo. Caminharia enquanto pudesse e veria depois como caminhar o mais depressa possível. Não era apenas o tempo. Eram também as botas. Em viajando de ónibus, descansaria as pernas e poupava solas. De resto, já o sabia, por ter aprendido na outra vez, ao fazer a mesma caminhada, mas ao contrário e guiado pelo Paco. Os comboios eram necessários quantas vezes fossem precisos, até porque a Espanha parecia nunca mais acabar, mas teria de acabar com a ajuda de Deus, a não recusar o auxílio a um crente aflito.

A propósito, lembrou-se do Manolo, deixado em Irun. Na gare de Handaia tinham tomado o trem para Biarritz. Sentado a seu lado, desatara a falar de Deus e do mundo. Embora de vez em quando se benzesse, afirmava que Deus não estava a olhar os homens de maneira igual. Uns eram felizes, outros, infelizes; uns, pobres; outros, ricos; uns, amarelos; outros, brancos, uns, pretos; outros, vermelhos. Diferenças a causar embaraços, desprezos, ódios, desavenças. Quanto ao mundo, reparasse como eram as coisas. Em nascendo um ser humano, logo dizia a gente: ele veio ao mundo, o que não era inteiramente verdade. Aquilo a que ele tinha vindo não passava de um sítio do mundo, um sítio fechado, restrito, sem saída, ou sem liberdade para sair. Para onde se voltasse lá estaria uma fronteira vigiada por mil carabineiros, prontos a disparar sobre o atrevido, à procura do mundo, sem licenças carimbadas.

Uma lembrança arrasta outra, à semelhança das palavras e dos queixumes. Está ele a lembrar-se do padre Francisco num domingo, à hora da missa. Em seu dizer, nada e ninguém era igual neste mundo, fosse no campo, fosse na cidade. Tais diferenças haviam sido determinadas pelo Criador, com toda a sua sabedoria. Por exemplo, o feijão não era igual à ervilha, nem a batata à cebola, nem o trigo ao milho, nem as coives aos coentros. Com os homens acontecia o mesmo, tal e qual os dedos da mão e do pé. Uns eram maiores, outros mais pequenos, mais grossos e mais estreitos.

A pensar nisso, dava razão ao padre. Via a diferença em toda a parte. Ali, a caminhar, molhado de suor, ele não era igual a qualquer daqueles senhores a guiar automóveis bonitos e em disparada e sem fazerem caso da poeirada jogada em riba de si. Onde um senhor igual a ele, ali a caminhar de coração apertado e de credo na boca, tudo por causa do trabalho mais bem pago? Igual a si talvez fosse o cigano a tratar da vida.

Igual também se sentiu àqueles dois rapazes bem falantes, a caminharem com ele e com o Paco no caminho dos ciganos. Mesmo igualzinho, apesar de estudantes. Fugiam para a França, só porque não queriam matar pretos em terras de África, enquanto que ele ia à procura da vida desafogada.

Não tinha ainda o Sol por cima da cabeça quando entrou na segunda cidade do seu trajecto. Em seu julgamento, a Espanha parecia a França na distância das cidades entre si. Quase ligadas como as aldeias do Ribatejo. De uma se saía e logo estava na outra.

Até aí ninguém se metera com ele. E Deus Nosso Senhor não iria permitir uma coisa dessas. Devia sabê-lo crente, amigo do padre Francisco e rezador pelas alminhas no Purgatório. Mais umas horas de caminhada e tinha chegado a altura de mercar umas sandes e de subir para o ónibus virado para o Poente. Enquanto fosse dia ninguém pensasse em o enganar no caminho a seguir.

Pelo passar das noites foi contando os dias. Já havia esgotado os dedos de ambas as mãos por duas vezes quando avistou uma extensa verdura de olivais. Portugal não estaria longe. Com essa ideia, ficou sem saber se rir, se chorar. Certeza, só a de sentir as pernas em tremor. Sentou-se numa pedra. A calcular a que distância ficaria a fronteira, olhava as botas e as calças, com apreensão. Nada bonito de se ver. As calças ainda poderiam ser lavadas em qualquer riacho, que o sol não faltava para as secar; as botas é que não. Foi coisa que nunca soube remendar. Um pouco dessa feiura seria por sua culpa. Andava a torto e a direito e dormir onde calhava, sem reparos nem cerimónias. Terra estreme, maleta debaixo da cabeça.

Para trás tinham ficado os maus caminhos, principalmente aquelas duas vertentes dos Pireneús. Terríveis. Uma bonita, outra feia. Bonita a do lado francês, feia a do lado espanhol. Na vertente francesa, arvoredo à farta, água às ribeiras, prados imensos; na espanhola, rochedos de assustar um santo. Duas nações separadas por todo um inferno de sustos para quem o atravessava às escondidas.

Sem ninguém à vista, metera-se agora por um trilho à beira do olival. E, de novo, a lembrança do Manolo. Não se metesse em propriedade privada nem roubasse fruta. Os proprietários não perdoavam.

Ainda assim, foi andando por esse caminho, que outro não havia. Ao desembocar num ermo, feito clareira, deparou com um grupo de ciganos acampado. Certamente, uma família a descansar de uma viagem. Hesitante, ali esteve um momento, sem saber se recuar ou avançar. Hesitação de pouca dura. Procurar outro caminho seria perda de tempo e revelação de amedrontamento, caso o não tivessem visto já. Decidido, avançou, até porque cigano não era polícia.

Pela própria sombra, um nadinha inclinada para o lado norte, pouco passaria do meio-dia. À beira dessa gente, filha da estrada e do vento, deu a cara uma fingida alegria:

– Boa tarde!

– Boas tardes... Vai pra longe? – perguntou em português o mais velho dos Ciganos.

Disposto a não parar, apontou o lado do Poente. Só então deu pelo cheiro de comida quente, vindo de um tacho em cima do fogo. Há quanto tempo não via coisa igual!

Sete almas de pele trigueira: dois homens, duas mulheres, dois moços e uma moça, a dizerem-se três gerações a ganhar a vida sem amos. Próximas, uma carroça e uma mula desatrelada.

Curioso, pôs-se o homem mais novo a fazer perguntas, com ar de quem apenas pretende conversar por conversar.

A esconder a França, mencionou a Espanha. Em tudo, trabalhara um pouco por toda a parte e iria agora descansar na terra paterna. E que Deus lhe perdoasse a mentira.

– A andar bem, tará na fronteira dentro de cinco a seis horas. Não é, pai?

O velho abanou a cabeça.

– Mais ou menos, mas talvez mais.

Outra mentira:

– Foi isso o que eu calculei.

Os outros ouviam em silêncio, aquele silêncio respeitoso de cigano diante dos mais velhos, enquanto falam.

– Nada tenho a ver com a sua vida, mas sempre pergunto: por que diabo escolheu este caminho?... Não tem passaporte?

Nova mentira:

– Tinha mas já não tenho. Uma desgraça... Roubaram-me a carteira com os papéis. A minha sorte foi eu ter guardado umas pesetas na maleta. Senão, como chegar até aqui? Um pobre de Cristo precisa de comer e ninguém fia a um desconhecido. Não é assim?

– Disso sei eu. – Olhou-o de cima a baixo. – Essas botas não vão aguentar o resto da caminhada. Acautele-se. Vale mais prevenir que remediar. Tenho ali um par de botas. Uma maravilha. Até parece que foram feitas para os seus pés. Não é coisa de todo nova, mas tá como se fosse. Vendo barato. Vou buscar.

Nem o deixou dizer não nem sim. Arrependido estava de haver falado de pesetas. Entrou e logo saiu da tenda, a exibir um par de botins acastanhados, sem sombra de lustre nem de boniteza.

– Não é uma maravilha? Com isto nos pés você vai ao fim do mundo sem medo de ficar pelo caminho. Quanto não vale? Eu lhe digo. Vale muito, mas como é pra si, vendo por uma bagatela. Quinhentas pesetas. Acha caro? Não me diga.

Achava caro. De resto, segundo confessou, iria remediar-se com as suas botas até chegar a casa.

– E se não chegar tão cedo como pensa. Cada vez há mais guardas na fronteira a atrasar a vida à gente. Uma lástima. Para mais, pense bem nisto: um homem bem calçado é outra loiça. Bom. Vou fazer um desconto. Tome lá as botas por menos cem pesetas. Quatrocentas. Valeu?

– Pra mim é muito caro.

– Sim? Tá bem. Cada um sabe de si. Vá lá por trezentas pesetas. Menos, nem pensar.

– Obrigado, mas não. Tenho pouco dinheiro.

– Nem duzentas e cinquenta?

Talvez valesse a pena comprar. Ainda assim, entraria no jogo do regateio. Experimentou:- Dou duzentas e não se fala mais nisso.

O cigano hesitou, ou fingiu hesitar, e virou-se para o velho:

– Pai, vendo isto por duzentas pesetas?

– Vende.

– Pronto, são suas.

– Deixe experimentar.

– Vai ver. São umas luvas. – Ajudou-o a calçar. – Não disse? Umas luvas. Nem feitas por medida. Você é um homem de sorte.

Contou duzentas pesetas, a fechar assim o negócio, e

pensou em ir para longe comer as suas sandes, guardadas na maleta, mas também a pensar noutra coisa. Talvez o cigano tivesse um revolver para vender. Perguntar não custava. Veria como perguntar, porque uma arma não era um par de botas.

Da tenda saíam a mulher mais velha e a moça. Uma, com um garrafão, e a outra, com dois pães escuros. Por sua vez, a outra mulher tirava o tacho do lume. Ao pô-lo no chão, pediu a um dos rapazes:

– António, apaga o lume. Vamos comer.

A seus olhos, tudo isso estava a ser um espectáculo digno de um homem sem cozinha nem família. Deixou-se ficar.

A cigana destapou essa vasilha fumegante e a família se sentou em redor, cada qual com a sua colher, que pratos não havia.

Sem pressa, o velho puxou de uma navalha, abriu-a com estalido e foi cortando o pão. Fatia a este, fatia àquele.

O negociante das botas quis saber:

– É servido, ou já almoçou?

– Ainda não, mas não se incomode. Tenho aqui duas sandes.

Sentado no chão, um tanto afastado dos outros, entrou de mastigar as sandes. Mastigava e via. Reparou naquele pucarinho de barro, pelo qual as mulheres bebiam, enquanto os homens punham o garrafão à boca, a passar de mão em mão, sem pressa nem conflito, à imagem e semelhança das colheres no bojo do tacho.

Por fim, perguntou o velho às mulheres:

– Mais vinho? – Não queriam. – Carmen, passa-me o púcaro. – A moça o passou. – Espera aí. – Despejou vinho nessa espécie de caneca e, com o queixo, indicou o estranho. – Ele que beba.

Agradeceu e continuou a reparar. Excepto o negociante, a rir por duas vezes, ainda não tinha visto um sorriso naquela gente. Pareciam viver muito a sério, ou então curtiam preocupações repartidas por todos. Ao contrário deles, ele as tinha só para si.

Quando do chão levantaram o rabo, chamou de lado o comerciante. Acaso não tinha uns escudos para trocar por pesetas?

– Tenho. Quanto quer?

– Duzentos.

– Só?

– Só. É pró caminho, até chegar a casa. Quantas pesetas quer por duzentos escudos?

– O preço do câmbio: duzentas pesetas.

Sabia não ser tanto. No máximo, oito tostões cada peseta. Estava a ser intrujado, mas não faria caso, até porque tinha em mente outra proposta. Trocado o dinheiro, decidiu-se:

– Não tem um revólver para vender? – Ao vê-lo com cara de espanto, inventou uma história: – Não é pra mim. Um amigo meu, lá na minha terra, pediu-me que lhe comprasse uma dessas armas. Um apreciador dessas coisas. Tem ou não tem?

– Pra falar verdade, não tenho. Mas vou ver. Vou falar com o meu pai.

Já então essa gente levantava o acampamento e carregava a carroça, com a mula atrelada.

Viu falar com o velho e também viu o velho olhar para ele. Regressado, disse o cigano:

– O meu pai não tem nenhuma arma, mas sabe de quem talvez a tenha. Você não vai pra este lado? Pois então venha com a gente.

Uns, na carroça; outros, a pé, ala a caminho prás bandas do Poente, com o velho, no banco, a guiar o veículo.

A caminhar a pé, lado a lado, atrás da carroça, ele e o outro, de conversa, como se fossem velhos amigos.

– Quer a minha opinião? Uma coisa dessas custa dinheiro, dinheiro grande. Quanto dispõe?

– Não sei bem. Aí umas quinhentas pesetas.

– Acho pouco. Por aqui e nestes tempos essas coisas são raras. Mas vamos ver o que diz o Flores. O Flores é um nosso amigo e tem um grande respeito pelo meu pai, esse aí, que por sinal não é meu pai; é meu sogro, mas eu trato por pai.

Pois bem. O Flores costuma acampar num sítio não muito longe do nosso, onde vamos passar a noite: nos arrabaldes da Ciudad Rodrigo. É lá que se costumam encontrar o Salazar e o Franco. Quando, não sei. Ninguém sabe. Só depois. O segredo é a alma do negócio.

Parada a carroça num descampado, estava o cigano a dizer "cá tamos", quando reparou num burro, acizentado, a olhar para eles.

– Pai, aquele não é o burro do Flores?

– Deve ser.

– Pois é. Já que vou pra lá, levo-o comigo.

– Não te demores.

A enxotar o burro, atingiu um outro acampamento de ciganos, mas só com um cigano à vista. Apesar do lusco-fusco da tarde, ele o distinguiu, sentado numa pedra. Nem muito novo, nem muito velho.

– Amigo Flores, aqui lhe trago o burro. Tava ali adiante, quando a gente chegou.

– Obrigado, mas não valia a pena... O "Pensante" é um burro inteligente. Vai passear quando lhe dá na gana, mas sempre volta para casa. Só tem uma mania: a de ficar a olhar a gente, como se quisesse entender, sem conseguir. Também faz o mesmo com a Lua, quando a Lua tá cheia. – Reparou no estranho. – Quem é?

– Um português, que quer fazer um negócio. Por isso cá vim falar consigo.

– Que negócio?

– Quer comprar um revólver ou coisa parecida. Como a gente não tem, o meu pai lembrou-se de si. Tem algum pra vender?

Flores o tinha e passou a expor dificuldades de venda, certamente para encarecer a mercadoria. Era coisa de estimação. Não se queria desfazer de coisa tão querida, tão querida como se fosse uma irmã acabada de nascer. Quanto tinha ele pra pôr na mesa da transação? O quê? Só quinhentas pesetas? Nem pensar.

– Já viste, Jaquim, uma coisa igual?

O Joaquim era o outro cigano, ali também a falar, ora a favor de um, ora a favor de outro, mas muito mais a favor do Flores, o que era natural. Em se fechando o negócio, receberia os dez por cento da praxe.

Com a conversa a alongar-se, caíra a noite. Flores acendeu um candeeiro de petróleo, afastou o pano-porta da tenda e entrou, para de seguida reaparecer com uma pistola nas mãos.

– Ei-la. Uma amiga fiel. É pequena mas é boa. Dorme há uma data de anos. Você quer saber uma coisa? O meu pai morreu na raia por não ter uma coisa destas pra enfrentar o carabineiro. Se lhe vendo isto por quinhentas pesetas, quantas mais não vão ser precisas para comprar outra? Não me diz?

Não era assim tão burro, a ponto de não perceber a marosca. Pois bem. Também entraria no jogo.

– Nada feito. O senhor quer mais de quinhentas e eu não as tenho. De resto, isso não é para mim. O meu amigo que a venha comprar. – Embora ansioso para adquirir a arma, arriscou o golpe: – Acabou-se. Vou-me embora. Boa noite.

Flores parecia ter caído no laço.

– Por acaso não está escondendo o dinheiro?

– Pode ver.

Exibiu o recheio da maleta: uma sandes, uma garrafa, um

maço de cigarros, um macinho de pesetas, duas notas de cem escudos e dois retratinhos seus. Do bolso puxou uma nota de dez pesetas.

– É tudo.

Flores cacarejou um risinho seco.

– Afinal, sempre tem mais de quinhentas espanholas. Essas dez.

– Não pense nisso. Ainda falta um bocado da Espanha e outro bocado pra chegar a casa. Não vou de mãos a abanar.

– E também precisa do relógio? Pra quê? – Gracejou: – Pra ver se é dia ou é noite?...

Entendeu. Tirou o relógio do pulso e juntou ao macinho de pesetas.

– Negócio fechado?

– Inda não sei...

Nesse momento ouviram-se vozes. Gente a aproximar-se. Assustado, emalou o relógio e o dinheiro. Flores garantiu:

– A família voltando da cidade.

Uma mulher, três moças e um rapaz. Mandou-os calar. Estava a tratar de negócios. Virou-se para ele:

– Tem duas notas de cem escudos. Junte uma ao relógio e às quinhentas espanholas e a coisa é sua. Uma preciosidade.

– Seja. Explique como isso funciona.

– Não tem nada que saber. Olhe aqui. Isto é o travão. Travado, não dispara. Se for pra disparar, puxa-se o travão, põe-se o dedo no gatilho, aperta-se e dispara quantas balas se quiser. Em não querendo mais, afrouxa-se o dedo. – Soltou o carregador. – Isto é para meter as balas. Veja. Tá cheio. Seis. Quando o seu amigo quiser mais, basta levar o carregador ao armeiro. E pronto.

Dali abalara na companhia do Joaquim. A meio caminho, entre os dois acampamentos, quis o cigano saber:

– O que vai fazer agora?

– Andar.

– As botas tão boas?

– Um bocado quentes.

– É do calor. E vai andar pra onde? Prá raia? Não chega antes do nascer do sol. E como e onde vai dar o salto?

– Vou ver.

– Quer um conselho? Não passe de dia. Só depois da meia-noite. Se for de gatas, melhor. Desde a guerra civil eles usam lanternas fortes, como holofotes. De qualquer forma, boa sorte.

– Obrigado. Vossemecê é bom sujeito.

Tinha a noção do ponto em que o Sol se tinha posto mas não sabia onde estava, o que o afligia pouco. Haveria de encontrar o sítio, mais ou menos certo. Não só as botas faziam calos nos pés; também o tempo os fazia no juízo da gente. Havia aprendido mais num mês que na vida inteira. Muita coisa aprendera com aquele Manolo de Irun, nas ruas de Handaia e de Biarritz. Não era o mesmo palerma a acreditar em tudo quanto lhe impingiam. Até acreditara em fronteiras vigiadas de ponta a ponta, com um cordão de guardas, lado a lado, ao longo de léguas e léguas de montes e vales, ravinas e riachos. Balelas. Que o dissessem os ciganos. Eles é que sabiam; não os padres nem os polícias, metedores de medos, como se fossem gajos diferentes.

Andando e falando consigo mesmo, também pensava em si. Nunca o seu medo foi muito. A timidez, sim, sobretudo diante das mulheres, fossem ou não fossem novas. E estava agora a ver a diferença. Passara anos e anos a confundir o medo com o respeito. Nunca teve medo do padre Francisco; respeito, sim. O mesmo acontecia com a senhora Matilde, mulher do Arlindo do Poço. Com ela, eram o respeito e a timidez misturados, enquanto lhe ensinava a escrever o nome: Pedro dos Anjos. Medo de homem, não. E agora muito menos.

Havia tirado a pistola de dentro da maleta e metido no bolso do casaco. Embora não fosse coisa nova, comparada com a do Silva, tão brilhante, estaria a ser uma boa companhia. Seis balas. Cada uma podia liquidar um tipo.

Não tinha medo dos homens mas estremeceu ante o súbito pensamento a acordar a menção ao tipo citado na carta: "Há um gajo que anda a entrar e a sair da tua casa à tarde e à noite como eu vi com estes olhos que a terra há-de comer". Se o escrevinhador da carta tinha visto, também ele haveria de ver...

... e ali estava a não perder de vista a figueira, o quintal, o casinhoto e o mais que pudesse ver em redor, por causa das surpresas.

Longe ficava o trilho, lá em baixo, mas nunca se sabia quando uma alminha de Deus se lembraria de sair do carreiro e meter-se às moitas, ou para encurtar caminho, ou então para aliviar a tripa sem testemunhas à vista.

Até agora esse pequeno ermo, feito de pedras e urzes, não tinha conhecido outra cara que não a sua. Bom seria assim continuar até à hora da verdade.

Para todos os efeitos estava ele em França, a trabalhar honestamente, a fim de melhorar a vida em sua terra. Era esse o pensamento de quantos davam o salto, de modo legal ou não. Felizes dos legalizados, por desconhecerem o caminho dos martírios e dos sustos.

Tomando a sério o conselho do Joaquim Cigano, esperou pela madrugada, antes da aventura. Depois, deixou-se levar pelo instinto e também pelo cheiro da raia portuguesa, não muito longe. Tentou correr, mas logo desistiu. Não eram somente as botas a não ajudar, também era o chão, de piso desigual: cardos e pedra solta mergulhados na escuridão. Nisso, porém, Deus Nosso Senhor estaria a ajudá-lo com as trevas, em vez de uma Lua a caminhar no céu.

Em passo cauteloso, ia pensando no favor divino, quando se viu forçado a estacar, apavorado. Ouvira passos, bem próximos, no mesmo trilho e na sua direcção, o que o levou a desviar-se e depois agachar-se e ficar quieto, à espera dos acontecimentos. Nesse instante, pisou uma pedra roliça e ouviu-a rolar, certamente num declive. Findo o ruído, fez-se um silêncio alongado. Nem passos, nem vozes; apenas o zumbido dos insectos nos arbustos.

Ante o tempo a passar, sem nada acontecer, pensava ter-se enganado com a realidade de tais passadas, quando um foco de luz o apanhou em cheio, com a brevidade de um relâmpago. De seguida, um estalido característico, já seu conhecido: abertura de navalha de ponta-e-mola.

Sabia ter uma pistola no bolso, Mas não sabia como agir. E ouviu uma voz no escuro:

– Quem é você?

– Não tou aqui pra fazer mal a ninguém.

Em português, tornou a voz:

– E que faz você aqui?

Certo de serem ciganos e não guardas, entrou na franqueza:

– Quero passar a fronteira

– Em negócios?

– Não, senhor. Só quero passar.

Outro relâmpago da lanterna, desta vez rente ao chão. Seguiram-se cochichos e de novo a mesma voz, bastante máscula:

– Sabe o caminho?

– Não, senhor.

Outros cochichos e voz retornada:

– Pode vir com agente. Eu e os meus na frente. Guie-se pelo som dos passos. E nada de falas.

– Sim, senhor. Só quero agradecer...

– Caluda.

Ao romper da manhã pôde ver aquela gente: três homens, três mulheres e dois rapazes. Ciganos.

Mais uma vez os ciganos no seu caminho sem mostras de malfazer; antes ajudando. Estava em terras de Penamacor. Os povoados ficavam mais adiante. E para aonde ia ele?

Fugiu de mencionar o nome da sua aldeia. Nada de anúncios espalhados no seu caminho. Lembrou-se daquela vila sua conhecida e anunciou:

– Castelo de Vide.

– Castelo de Vide? Isso fica mais pra baixo.

– Longe?

– Umas horas a caminhar. A propósito... O que foi fazer a Espanha? Contrabando?

– Deus me livre! Fui só pra ver como era.

– Tá bem. Finjo que acredito. Bom dia. Vá com Deus.

– Fico-lhe muito obrigado pela sua ajuda. – Deu meia volta e logo a desfez. O senhor sabe se no caminho para Castelo de Vide vou encontrar lugar para comprar pão? É que tou com fome.

Lá nisso, sim: na fome o cigano acreditava; nanja na ida

à Espanha só pra ver como era. Acaso não seria ele um bufo disfarçado de parvo? Tiraria isso a limpo. Se fosse, tão cedo não chegaria a Castelo de Vide. Propôs:

– Venha daí com a gente. Um bocado mais além há quem venda pão.

Foram pisando o escampado; depois, num trilho entre terras lavradas, até que avistaram as primeiras casas. Quando o trilho se fez caminho alargado, disse o cigano, sem dúvida chefe da família:

– Lá tá a venda.

Loja tosca. Um misto de taberna, mercearia e barbearia, isso pelo que se deixava ver: banco, pincel, navalha e máquina de cortar cabelo à escovinha.

– Bom dia!

– Bom dia, sô Joanico, e a todos! É só pedir.

Ouviu-o perguntar se havia pão.

– Saído agora do forno. Vou buscar.

Até aí nada de estranho encontrou o cigano no curioso das Espanhas. Se havia mistério, o mistério se foi ao reparar-lhe nas mãos. Mãos de trabalhador de coisas pesadas. A não ser que o trabalhador se tenha vendido à Guarda Fiscal ou mesmo à PIDE. Nesse campo, havia um pouco de tudo neste mundo de vergonhas. Contudo, esse parecia não ter cara disso. Só que não podia acreditar num tipo a correr riscos só pra ver a cor da terra espanhola. Deu de ombros, por desinteresse. Um maluco, como tantos outros malucos encontrados em seu caminho.

Regressou o vendeiro, com uma braçada de pães de côdea trigueira.

– Sô Joanico, quantos quer?

– E vossemecê?

– Um. Tem chouriço? – No mesmo instante mudou de ideia. Antes queria torresmos. Tem?

– Torresmos não tenho. Vou-lhe dar um bom conselho: coma presunto. Tá um regalo...

– Corte um bocadinho.

Partido o pão ao meio, guardou metade na maleta.

Nas mãos do cigano estalou a mola da navalha e foi ele cortando e distribuindo pelos seus nacos de pão, sem palavras nem reparos dos contemplados.

Mais uma vez estava a reparar na harmonia das famílias ciganas e no respeito silencioso desta gente diante do chefe. Jamais viu um dos filhos discutir conselho ou ordem.

– Não tem peixe frito?

– A verdade é que não, sô Joanico. Nem espinha pra ver. Esta semana não chegou aqui peixe de qualidade nenhuma. Só se for atum em lata. Ou prefere salpicão? Presunto de Chaves, quer? O que há de melhor. – Virou-se para ele: – É ou não é bom o presunto?

Abanou a cabeça. Era bom.

– Pese oito fatias e bote vinho prá gente.

Mastigavam em silêncio. De vez em quando o vendeiro fazia uma pergunta frívola, a não merecer resposta, até que veio uma de certa gravidade, segundo a reacção do cigano maioral.

– Vou jurar que conseguiu passar o café todo...

– Caluda! – assoprou, com firmeza, e olhou o desconhecido, ali a mastigar o pão, como que entregue a si mesmo.

Na visão do cigano, ele não teria ligado a essa alusão ao café contrabandeado. Puro engano. Ouvira e entendera. Já sabia desse negócio, por ouvir falar. Via-se a Espanha à míngua de café, tanto e tanto, que um pacotinho desse grão, ou de pó, era presente régio de um português para um amigo espanhol. Dizia-se que a fonte angolana e outras da América Latina estavam a secar para o país do Franco. Claro, Faltaria o café à gente modesta, que à outra, a alta, talvez sobrasse. Assim, rendoso seria o salto do café daqui para lá. A seu ver, bom proveito! Que ganhassem as partes interessadas, à revelia do Franco e do Salazar.

Puxou da nota de cem.

– Quanto devo?

– Dezasseis. O presunto tá caro...

Recebido o troco, quatro notas de vinte e quatro moedas, agradeceu ao cigano o favor de o ter trazido até ali e meteu pés a caminho.

Debaixo de um sol vivo e quente, andou enquanto pode na direcção do Sul. À beira de um montado, feita sombra, encostou-se a uma das árvores e deixou-se escorregar, até sentar-se; descalçou as botas e adormeceu.

Tinha por costume olhar a sombra no chão, para ver depois o tempo de sono. Desta vez, porém, isso não aconteceu. Acordou sobressaltado, dada a estridência de um berro:

– Ei, patego!

Diante de si tinha um calmeirão abigodado, mais o seu fuzil de dois canos.

– Quem és tu?

– Um trabalhador.

– Um trabalhador a dormir a esta horas? O que fazes aqui?

– A descansar as pernas.

– Vens de longe?

– Nem por isso.

– Não sabes que tás em propriedade alheia?

– Não sou ladrão.

– É preciso licença pra entrar.

– Peço desculpa. Vou-me pôr a andar. É só calçar as botas. Por acaso já tou em Castelo de Vide?

– Já tá. A vila é mais em baixo. Vais pra lá?

– Só de passagem.

– Pra onde vais?

– Santarém – mentiu.

– Um bom bocado. Vai com Deus.

Eram sempre assim. Sempre a mesma coisa, fosse onde fosse: aqui, na França, na Espanha. As pessoa topavam um pobre de Cristo e toca a desconfiar. Perguntas e mais perguntas, como se o quisessem virar do avesso. O veneno da desconfiança as tornava implacáveis no desventramento do infeliz, feito vítima de suspeitas.

Aos olhos de uns, os outros eram perigo em previsão. O homem desconfiava do homem, mesmo de mãos calejadas. No fundo, talvez tivessem razão. O mundo estava um poiso de ladrões.

Quando ainda nos arredores de Paris, julgou chegar depressa à sua terra, só porque a vontade era essa. Pura ilusão. O tempo foi passando, dias, semanas, meses, tudo emprenhado de pesadelos. A culpa não era do tempo; era, sim, da gente desconfiada. Andara por veredas desnecessárias, só para fugir à praga das perguntas. Quem era, de onde viera, para aonde ia, qual o seu país? Por vezes, era o guia ou um conselheiro, um tanto mais gentil: "Não vás por aí, não passes agora, espera pela noite, se te queres esconder mete-te no meio da multidão". Todo um mundo de gente desconfiada.

Mais uma noite ao relento e ali estava, chegado pela manhã. De todo o seu dinheiro restavam três notas de vinte escudos. Para além disso, um restinho de aguardente e alguns cigarros.

Com o passar das horas, parecia o estômago habituar-se ao jejum. Via que o estômago era como a gente: habituava-se a tudo quanto a vida deparava, incluindo o sofrimento. Amargava mas engolia-se, até que um dia rebentasse de vez. Amanhã? Depois de amanhã? Que se lixasse o futuro, caso a carta falasse verdade!

Por agora só havia um remédio: esperar para ver, sem a certeza de coisa nenhuma, a não ser o sentimento da desconfiança.

Segundo o Manolo, a guerra civil tinha posto holofotes nas mãos dos carabineiros, tudo por causa da desconfiança no semelhante. Não se lembrassem os monárquicos portugueses de ir buscar a coroa do rei, a viver em Portugal, ou então não viessem os *rojos* arrancar a piça ao Franco. Ditos do Manolo. Dou-te o meu nome para que te lembres da graça de um homem honesto. Parecia exacto. Também o Silva era honesto. Um tipo porreiro. Por que diabo não seria porreira toda a gente? O padre Francisco aconselhava: "Amai-vos uns aos outros" Era de rir. O mesmo que dizer desconfiem uns dos outros, que isto de confiar já ninguém quer.

Na última caminhada, desde Castelo de Vide, passara a pistola do bolso do casaco para a maleta, por causa do peso. Lá estava ela em cima das três notas verdes, toda a sua fortuna neste país, que o Silva, na França, teria uns restinhos.

Por falar nisso, teria o Silva mandado a mesada à Rosalina? Os vinte francos do costume. Para maior segurança, de contado não vinha o dinheiro. O correio passava um vale em nome do padre Francisco e o padre Francisco entregava o *bagaço* à Rosalina. Mas como viera embora, o Silva, se calhar, não mandou o *bagaço*, nem disso se lembrou na hora da despedida.

Pra quê pensar nisso agora? Nisso e no resto? Tudo quanto pertencia ao passado – a morte do pai, da mãe, do irmão – mesmo do casamento, só fazia doer o coração de um infeliz feito poço de tristezas. Ver-se longe da terra já tinha sido uma delas. Ainda assim, aguentara de cara alegre, que por dentro Deus bem sabia. Mas sempre trabalhou com afinco, a ponto do Silva dizer: "Pedro, continua desse jeito, que é bom para ti. Os franceses gostam dos portugueses por isso mesmo: trabalham bem e sem queixas. Tu és um deles".

Pois claro. Tava ali pra trabalhar, só porque era preciso tratar do futuro. A mulher, uma casa nova, os filhos que viessem ao mundo.

A mulher... Lembrou o dia e a noite do casório. O padrinho e a madrinha, Arlindo do Poço e a senhora Matilde, deram festas em sua casa. Comer e beber, abraços e beijos.

Com o cair da noite, ele e a Rosalina abalaram para o casinhoto, aquele casinhoto em que tinha agora o olhar atento.

Para ele, tudo era a primeira vez, embora já farto estivesse de ouvir dizer como eram as coisas. Por exemplo, tinham-lhe garantido que a mulher sangrava na primeira noite e que o sangue ficava no lençol como prova de honradez.

Fez aquilo como devia fazer e procurou depois o testemunho, sem o encontrar. Seu primeiro pensamento foi o de que talvez nem todas fossem iguais. Lembrou-se do Padre Francisco, para quem a igualdade neste mundo não era geral. Olhassem os dedos das mãos, todos diferentes entre si, assim como eram os homens e as mulheres, cada qual com o seu feitio de trato, sua maneira de ser e de pensar.

Disposto embora a aceitar a verdade das diferenças, exposta pelo padre, cedeu à necessidade de saber a razão de tal ausência: "Então, não deitaste sangue?". Ouviu-lhe a resposta, com todo o ar de sinceridade e contada como se fosse uma história triste.

Muito antes de se conhecerem, tinha tido um namorado, um quase noivo, dado que se iam casar. Tudo a sério, que ela não era de brincadeiras. As coisas, porém, desataram a andar ao contrário das intenções. O noivo fora chamado à tropa; depois mandaram-no para a África e lá morreu na guerra. Visse só a sua desgraça. E agora não a quisesse ele aumentar. Pedia-lhe que não falasse disso a ninguém.

A vê-lo chorar, perguntou porque chorava. A desgraça era sua e não dele. Se ela não chorava agora era porque tinha chorado de mais e já não tinha lágrimas.

Viu-a admirar-se quando confessou: "Não é por isso que choro. Tou chorando só por me lembrar do meu irmão. Também ele morreu nessa guerra".

Agora, ali a olhar a casa, também ele não tinha lágrimas.

Levara tempo a se habituar à vida de casado, num quase sem-amor à mulher no aconchego da cama. A seu ver e na sua vida, apenas amara uma mulher, a sua mãe, mas com um amor diferente. Todavia, tivera uma vez uma saudade louca de Rosalina, Foi na noite de um sábado, em Paris, ia ele no seu terceiro mês de trabalho em Saint-Denis.

Era a primeira noite a ver-se no centro da cidade e a ser levado pelo Juca e o Anselmo.

De dia já lá tinha ido, em tardes de domingo. Para ser franco, não gostava daquilo. Gente e automóveis a mais, como se tudo andasse atacado de loucura. Só havia duas coisas boas para ver: o rio Sena e a Torre Eiffel, e outra que se não via: polícias. Mas, por aquilo que tinha visto uma vez, ninguém se fiasse nisso.

Vinha ele e os dois amigos a passar em frente de uma estação de comboios quando viu um sujeito a correr na direcção de uma espécie de marco do correio. Aí, deu um soco num vidro, que se partiu, e desata essa coisa a fazer uma barulheira dos diabos. E deu-se o espanto. Nesse mesmo instante ali apareceu uma carrinha com uma data de polícias.

Ao vê-los, disse o Juca. "Toca a andar. Aquilo é um tipo a pedir socorro pra qualquer coisa. Andemos, que a gente não pode servir de testemunhas".

... e viera a noite daquele sábado, com o Juca a propor um passeio, só pra uns copos de tinto. Barba feita, camisa lavada e lá foram. A mesma confusão nesse mundo prenhe de luzes.

A certa altura desembocaram num largo onde se via uma casa com a vela de moinho a girar, cheias de luzes encarnadas, em cima do telhado. E foram subindo a rua, com montras a mostrar retratos de mulheres quase nuas.

Estavam a mirar os quadros quando um sujeito bem vestido se pôs a falar e a fazer sinais de convite para que entrassem numa porta, ao lado da montra.

Por ter ouvido dizer, o Juca já sabia: era uma das casas de mostrar mulheres nuas depois de estarem vestidas. Se entrassem, só pra ver como era? Que diabo, um dia não eram dias! Gente a entrar não faltava.

Ao lado dos quadros, lá estava o preço: cinco francos e meio. Nos bolsos, parte da féria, pra fazer face aos gastos da semana.

Pensaram, fizeram contas, entra, não entra. E entraram. Fosse o que Deus quisesse.

Uma sala cheia de gente à volta de mesas, bebendo, fumando, falando, como se estivesse em sua casa. Um palavreado maluco, sem ponta por onde pegasse.

Também bem vestido, veio um tipo apontar-lhes uma das mesas vazias e ficou a fazer perguntas. Mais sinais que palavras, mas o Juca percebeu: obrigá-los a beber. Consultou os amigos e disse ao sujeito quase tudo quanto sabia em francês: "Vin rouge".

O outro, que devia ser criado de mesa, mostrou cara de pessoa ofendida. Vinho tinto, não. Só whisky ou então champanhe. Decidissem depressa. Juca deu de ombros. Qualquer coisa servia. Foi-se o criado para logo voltar com uma garrafa e três copos, com pedras de gelo. Serviu uma nica de bebida a cada um deles. Um líquido côr-de-canário. Feito isso, meteu um bocadinho de papel branco por debaixo do copo do Juca e desandou.

Juca pegou no papel e pôs-se a soletrar e também a empalidecer. Antes de falar, provou a bebida, fez careta azeda e disparatou: "Chiça! Trinta francos por esta merda, a saber a remédio de botica".

Travou a vontade de protestar. Tramado estaria se o fizesse. Emigrante clandestino tinha de ficar quieto, mesmo que lhe pisassem os calos.

Deitava contas ao pecúlio geral quando ouviram pés a bater no chão, em jeito de impaciência. E o Juca percebeu. Os gajos estavam a atrasar o espectáculo, a fim de porem os turistas a beber mixórdias enquanto esperavam. Uma roubalheira.

Abriu-se uma cortina, a mostrar um estrado, como se fosse um coreto sem balaustres, e apareceu um tipo de fato esquisito, a dizer coisas talvez engraçadas, visto que alguém ria. Acabada a arenga, foi-se embora, para alívio de alguns, sobretudo daqueles que assobiavam. Até o Juca se meteu a assobiar, com raiva.

A substituir o tipo engraçado, veio uma senhora de cabelos amarelos, metida num vestido prateado. Desatou a cantar e a dançar ao mesmo tempo, sem graça nenhuma. E o Juca a resmungar: "Querem ver que estes filhos da puta não mostram a mulher a se despir? Cambada de gatunos".

Ainda praguejava o Juca quando apareceu no estrado, agora com menos luz, uma bonita moça vestida com uma gabardina coçada, como se fosse uma trapeira nas ruas da cidade.

Lá mais ao fundo, debaixo de um lampião, um contentor de lixo. Andou ela por ali a farejar, até que reparou nessa vasilha. Levantou-lhe a tampa, olhou para dentro e mostrou-se feliz. E a gente a ver o que iria acontecer.

Devagarinho, a moça deixou a gabardina escorregar, corpo abaixo, e ficou nua, sem vergonha nenhuma. Foi um Ah de espanto a reboar na sala. Coisa bonita de se ver e a mexer com as partes da gente.

Começa ela a fazer o contrário daquilo que se dizia. Em vez de se despir, vestia-se com as roupas tiradas do lixo. Coisas finas, bonitas, mesmo de encantar a gente.

Na altura de enfiar as calcinhas, umas calcinhas cor-de-rosa, e estando de costas para a gente, o Juca o acotovelou e disse: "Olha aquele cuzinho francês. Um regalo!".

Bem se lembra ele. Foi exactamente nesse momento que teve saudades da Rosalina, saudades tão sentidas, a ponto de julgar-se preso de amor. Afinal, um sentimento passageiro, nascido e morto no mesmo instante.

Vestida a moça, apagara-se a imagem da Rosalina, essa Rosalina a quem não queria mal nenhum, pelo menos até essa noite de sábado, senão mesmo durante meses, quase ano e meio, em que apenas pensava nela pelo simples facto de que devia pensar, visto ser sua mulher, a primeira mulher da sua vida, primeira e única. Por mais que se amassem, se é que se amavam, sempre houve qualquer coisa de estranho dentro dele, a deixá-lo insatisfeito e ao mesmo tempo desligado, longe, tão longe daquele apego à sua mãe. A Rosalina podia queixar-se de dores, entristecer, chorar. Ele lamentava, tinha pena e era tudo. Anos idos, quando ainda rapaz, chorasse a mãe e ele ficaria doente de desgosto.

Ainda hoje isso acontecia, só por lembrar-se. Tomado de tristeza, nem prestou atenção ao final do espectáculo, mas lembra-se do protesto do Juca ao passar pelo porteiro: "Nunca mais, seus ladrões!".

Para ele, Pedro dos Anjos, aquela tinha sido a primeira e a última noite na cidade tonta. Desgraçada ideia, essa do Juca! Então, vinha de tão longe um pobre de Cristo trabalhar em terra estranha, para quê? Fazer disparates? Que ali deixassem o suor, estava bem, tinha de ser, mas não o dinheiro ganho com esse mesmo suor.

Abertos ao olhos, ficou a pensar. Não se lembrava de os ter fechado, nem avaliava o tempo gasto no sono. A noite estava aí já sem vestígios de começo, antes cerrada em sua escuridão, algo preocupante, dado não saber agora o que porventura ter-se-á passado enquanto dormia. Mas se por acaso nem tudo ainda se tenha passado, na casa ou no quintal, talvez fosse melhor. Se nada tinha visto à luz do dia, podiam os ouvidos escutar às escuras.

A mudar a arma da maleta para o bolso, alarmou-se com a tremura das mãos, a par do bater do coração nos ouvidos. Porém, o momento não era para reparos e sim para acabar com a dúvida. Quanto ao tremor das mãos e o bater do coração, tão apressado, não iriam travar-lhe o passo, nem que rebentassem.

De modo cauteloso, foi-se afoitando por entre as moitas até alcançar o valado, a limitar o quintal. Embora se queixassem os pés nas botas, deixou-se escorregar pelo declive terroso. Bastaria agora transpor o muro, à altura do peito, limpo de cacos de vidro, e estaria no terreiro.

Não iria entrar pela cancela, por dois motivos: o de ficar em frente da janela e o de evitar ruídos de tábua, raspando o chão: ruídos para os outros, se tivessem ouvidos, que para si bastava o badalar do coração nos tímpanos. Quanto ao tremor das mãos, estava agora a trepar pelos braços, em jeito de arrepio, talvez pela certeza de haver pressentido, mesmo antes de ouvir, a vibração de outros sons.

A Rosalina estaria acordada e de luz acesa. Se assim era, ele não teria dormido muito, nem seria muito tarde. Gente de trabalho deitava-se cedo, à semelhança das galinhas. E ela, a Rosalina trabalhava de dia, principalmente de manhã, como ficara combinado antes do salto para a estranja. Coisa combinada entre o Arlindo do Poço e o padre Francisco.

Encarregaram-na da limpeza da capela e das roupas do cura e do altar. Assim, ganharia uns vinténs. Da parte da tarde ocupar-se-ia da casa. Poderia criar galinhas e cuidar das coives nos dois metros de terra, atrás da casa.

Nessa altura sentiu-se grato a essa gente amiga de ajudar. E assim partira sem preocupações a esse respeito. Rosalina ficava amparada e a ganhar para os alfinetes. Só que alguma coisa tinha mudado dentro de si. O pensamento não era o mesmo de há quase dois anos.

A caminhada, os sustos, o cansaço e aquela maldita carta o tinham alterado, aberto os olhos, criado outra mentalidade, talvez para pior. O mundo não era aquilo que ele imaginara. E contra esse mundo, feito desilusão, desconfiado, agressivo, cheio de medos e distâncias, até os pés estariam a revoltar-se dentro das botas.

Parou a meio do quintal, a pensar nos próprios pensamentos, tão descabidos agora, quando tudo pedia o esquecimento ou então o milagre do recomeço, a fim de que as coisas acontecessem de modo diferente. A saber quanto hoje sabe, daria à vida uma outra face e outro rumo.

Não queria pensar mas continuava a pensar e também a querer que a própria desconfiança fosse mentira inventada por alguém sem alma digna de alguém. Se assim fosse, o coração deixaria de badalar, as mãos não mais tremeriam e iria rir-se, embora envergonhado, dessa arma agora em sua mão.

Quando mais pensava, melhor compreendia a razão por que pensava. Estava a ser cobarde. Estava a prolongar o tempo do encontro com a verdade, como se a demora pudesse operar o milagre da mentira.

Não tardou a saber que se engana quem tenta enganar a consciência, até porque a consciência tem voz. Ouviu-a, dentro de si: "Cobarde". E, coisa estranha, sentiu operar-se nesse momento e de modo súbito: a cessação dos tremores e dos batimentos. Por sua vez, o passado se apagou, para ficar acesa a leitura da carta.

Encostou o ouvido ao batente e logo o estômago se lhe apertou e tudo se fez secura, boca e garganta.

Lá dentro voz de homem dizia: "Tenho de ir andando. Tá-se a fazer tarde. E tu? Tens tido cuidado contigo?". Lembrou-se do Silva: "Vê lá o que vais fazer. Não te desgraces".

Recuou dois passos e investiu: sola da bota em cheio na fechadura e a porta estoirou, fez ricochete, mas segurou-se nos gonzos.

Outra patada e entrou em fúria cega. Porém, a cegueira não o impediu de vislumbrar o vulto a escapulir-se para dentro do cubículo, esse mesmo cubículo escuro onde dormiram, em pequenos, ele e o Emílio.

Junto à cama e à luz do candeeiro, hirta, muda, espantada, como que acordada de um pesadelo, ali estava Rosalina apertando a camisa contra o peito.

Sem uma palavra, pistola na mão, dedo no gatilho, afastou a cortina, à entrada do cubículo, e disparou a arma, uma, duas, três vezes. Um grito e um baque de um corpo na terra batida.

A recuar, olhava a mulher, ali imóvel, como se estivesse a vê-la pela primeira vez depois de ter entrado. Viu-lhe as mãos a subir do peito para o rosto, talvez para esconder, apenas o rosto, que os olhos se mostravam abertos pelo espanto. Tudo nela parecia ter parado, excepto os lábios, em tremor.

A olhá-la, estava a vê-la nua naquele estrado e naquela noite de sábado em Paris. Murmurou "sua cabra" e deixou o dedo puxar o gatilho. Viu-a dobrar-se escorregar para a beira da cama e aquietar-se no chão, esse chão em que deixou cair a arma.

Nisso havia pensado tanta vez e também no que fazer logo a seguir: fuga para longe, fosse para onde fosse, e eis que ali se via aquietado, indeciso e frio. Em vez de pavor, imaginado antes, insinuava-se agora a sensação de alívio. Coração sereno, mãos libertas de tremuras, pés sem queixume na quentura das botas. Alijada estaria toda a carga de dúvidas e suspeitas.

Em sua boa fé e crença na bondade alheia o tinham traído e quem assim traía sujeitava-se à pena de talião. Sempre ouvira dizer isso. Só que nunca pensou em vir a ser atingido por uma tal vergonha. Seu era o pensamento geral e de todos os tempos. Os males, os mais horríveis, só acontecem aos outros, exactamente porque ninguém os quer para si.

Entre os males horríveis e que são muitos, avultava-se os da traição, em suas diversas faces. Uma delas se chamava "nódoa" era mesmo nódoa e tinha de ser lavada com sangue. A seus olhos, ele a tinha lavado.

A dirigir-se para a saída, reparou no candeeiro aceso. Ficou a olhar, pensativo, como que a perguntar se devia ou não devia apagar. Acabou por levantar o candeeiro e encaminhar-se para o cubículo. Queria ver-lhe a cara, para que não restassem dúvidas.

De borco, ali estava o corpo, de rosto pousado na terra. Com um dos pés pô-lo de perfil. Olhou, viu, mirou e tornou a mirar. Viu, agora sem enganos, mas não quis acreditar.

As mãos voltaram a tremer quando a certeza se consumou

e o levou à violência. Um pontapé na cara. "Safado". Outro pontapé. "Cabrão". Ainda outro pontapé. "Filho da puta". Uma cuspidela. "Sacana nojento".

Vazio o estômago negou-se a vomitar. Enojado, atirou-lhe à cara o candeeiro e virou as costas. Teria de chegar a hora de vomitar o nojo. Nessa meia volta para a saída, um grito o fez parar, em susto. Havia pisado o gato. Ao sentir-lhe a fuga em disparada, porta fora, também sentiu a dor da compaixão.

Com a ideia desgostosa de ter magoado o gato, transpôs, sem pressa, essa mesma porta. Serviu-se da cancela para alcançar o ermo das moitas, apanhou a maleta e meteu-se ao escuro da noite. Andando, andando sempre, porque era preciso andar, mas sem ainda saber o que fazer de si. Secura na boca, pés inchados nas botas, camisa molhada de suor gelado, turbilhão de pensamentos em conflito por entre o miar dorido do gato.

Por que diabo na vida de um homem quase tudo acontecia ao contrário de quanto devia acontecer? Emigrara com a finalidade de melhorar a vida, cujo amanhã lhe tinham pintado a ouro, e eis que essa mesma vida se pintava de negro.

Em vez do sossego desejado, e da fraternidade apetecida, aconteciam a violência e a discórdia a pôr a gente à mercê da sorte, com medo de existir.

Andando, andando sempre, porque era preciso andar.

Diziam os grandes senhores, virados para a gente: "Liberdade, igualdade e fraternidade". Balelas. Onde a igualdade, se havia grandes e pequenos, pobres e ricos, palácios e casebres? Onde a liberdade, com tanto guarda armado nas fronteiras? Onde a fraternidade, com tanto ódio e tanta guerra? Amigos atraiçoando amigos, apunhalando pelas costas, à semelhança do Arlindo do Poço. Custa, ainda lhe custa acreditar numa tal safadeza.

Que mal terá feito, fosse a quem fosse, para que Deus o tivesse abandonado, senão empurrado para o fosso da desgraça? Depois vinham os senhores queixar-se de que havia descrentes e toca de atear fogueiras, levantar forcas, erguer cadeias, Tudo quanto fosse castigar a carne, perturbar o espírito e nunca o favor da ajuda compreensiva.

Estava para ver o que iriam fazer de si, caso não tivesse forças para alcançar a fronteira.

Pela primeira vez na vida o tinha burlado o sentido da orientação. Deitou culpas à noite sem luar. Andara para norte, com o propósito de mais adiante guinar para leste, e eis a ver-se, com o romper do dia, à beira do Pinhal do Rei. Até o próprio instinto o tinha traído.

No tronco dos pinheiros os recipientes da resina, quase vazios nessa zona, garantiam a ausência dos resineiros nos próximos dias. Nem dias seriam precisos. Bastaria um, nesse mesmo dia, para recuperar o ânimo, ganhar forças, e meter-se depois ao caminho da fronteira ao cair da noite.

Do chão apanhou umas quantas pinhas, duas pedras e foi quebrando os pinhões, a fim de enganar o estômago.

Mais uma vez ficara sem a lembrança de haver fechado os olhos, abertos agora, para o deixarem incrédulo perante a posição do Sol nas bandas do Poente. Quase o dia inteiro a dormir sem pesadelos.

A sacudir-se das formigas, entre a roupa e a pele, via-se preso dos acontecimentos da noite passada, desde o arrombamento da porta ao regresso ao ermo das moitas, para pegar a maleta. Passo a passo e tudo nítido, mas não tão impressionante como aquele miar do gato. E toda a sua pena foi para o animal. Onde estaria agora, se acaso ainda fugido? Quando extinta a dor da pisadela voltaria a casa, talvez a recear a gente, por ser má, e também surpreendido por não encontrar gente viva. Se o não recolhessem os vivos, como iria enfrentar a vida? De manso, far-se-ia bravo?

Com a mesma impertinência tormentosa das formigas estava a ser a sede, que da inchação dos pés já não fazia caso. Levada a mão à cara, em comichão, pensou no tempo marcado pelo crescimento da barba, na qual podia esconder os dedos, apenas os dedos, que tudo o mais já se não escondia, sobretudo o desânimo, o estado de fraqueza, a sonolência, o desejo de que tudo acabasse o mais depressa possível.

A essa hora já teriam dado pela desgraça e o resultado era dos livros: em se tratando de coisa má e pública, apressavam-se os homens na vingança do castigo, a que chamavam Justiça, muitas vezes a passar longe das razões. Ver-se-ia repelido pela sociedade só pelo facto de ter eliminado gente indigna dessa mesma sociedade a querer-se limpa. Contudo, tolerava a força, os fuzilamentos, a cadeira-eléctrica, tudo em nome da limpeza moral.

Destrambelhados os sentidos, livre ainda estava da picada do remorso, nenhum outro remorso que não fosse o de ter pisado o gato. Ainda assim, não se livrou por muito tempo.

Afastada a caruma caída, em busca de terra húmida, em que assentar a fronte, quando se lembrou da senhora Matilde, sua mestra de abecedário e da escrita do nome Pedro dos Anjos. A coitada estaria agora a pagar, com a viuvez, a má sorte de haver conhecido aquele safado.

Sentisse força nas pernas e menos medo da aldeia e meteria pés ao caminho. Bater à porta e pedir perdão.

De cara afundada na cova húmida, pensava na estupidez do seu último erro: vir para ali, quando o caminho certo estava no outro lado. Talvez estivesse agora no caminho dos ciganos...

De rosto afundado na cova e gafo de formigas e moscas, guardas florestais o encontraram. Julgando-o morto, hesitaram em o pôr de costas. Sabiam a regra: em cadáver encontrado não se mexia sem ordem dos legistas.

O mais afoito experimentou auscultar-lhe as costas e viu recompensada a afoiteza ao sentir-lhe a respiração.

– Juro que respira.

Viraram-no.

– Quem será este tipo?

– Tem cara de mendigo.

Ficando um de vela, foi o outro pedir socorros, a demorar horas, até que vieram os bombeiros numa ambulância gritante.

Acordou na cama do hospital.

– Quem és tu, meu velho?

Velho o chamavam. Um velho de trinta anos.

Havia ocasiões em que um homem. Sem saber por que motivo, sentia vontade de vomitar. E ele vomitou diante dessa gente vestida de bata branca. Não seria vómito de comida azeda, nem sequer de pinhões mal mastigados, mas de algo repulsivo gerado pelo desespero e parido pela desgraça.

Também vomitou, agora em palavras, tudo quanto quiseram saber de si e do seu tempo de existência.

Apesar de repetida e repisada ninguém parecia satisfeito e muito menos a gente da justiça. Como? Porquê? Sê mais claro. Explica. Repete. Bom. Disso já sabemos. Mataste a tua mulher e o amante. Certo. Mas por que razão pegaste fogo à casa? Para esconder o assassínio?

Havia incendiado a casa? Disso não sabia, nem tivera tal intenção ao atirar o candeeiro à cara do safado.

– Tás tramado, meu velho! – augurou o polícia. – Mas isso já não é comigo, é com o tribunal. O juiz é que sabe. Para teu governo, trata de arranjar um advogado, caso tenhas dinheiro...

Dinheiro?... O Silva teria uns restos, mas o Silva estava longe.

E o padre Francisco? E o Antunes da Loja? Muito trabalhara para ele. Poderia esperar ajudas? Acaso haveria alguém capaz de ajudar um assassino?

Mais uma vez e sem remédio se via só. O afastamento do pai e da mãe devia-se à morte, por doença; o do irmão, à guerra da África, e o seu, o seu afastamento da liberdade a que se devia? A convenção responderá: ao Destino. E não se fala mais nisso, porque ninguém tinha nem tem mão no Destino.

Então foi o Destino quem mandou o Emílio para aquela guerra?

Lembrou-se daqueles dois rapazes a fugirem dessa mesma guerra de negros, em busca da independência, e de brancos mandados pelo Destino, só para os contrariar. Tivesse o Emílio imitado os estudantes, fugidos da farda e das armas, e teria fintado o Destino. Tal como esses dois estudantes, o Emílio diria que o mundo se fizera para a vida e não para a morte estúpida.

Sem a ilusão da esperança, o que geralmente acontecia aos debilitados pelas misérias do corpo e da alma, entregou-se às vontades dessa gente. E pena era já não haver a forca neste país de emigrantes onde alguém vivia à custa das remessas. Ao menos, acabassem com os tormentos o mais depressa possível.

Outra ilusão. Onde e quando a Justiça se apressou? Tempo e mais tempo antes da sentença, a Justiça moía e remoía o futuro condenado, a não ser que viesse agora o afogadilho de se despachar um réu sem vintém de seu. Ainda outra ilusão. Foi preciso um ano, já entrado em meados de 1968, para que viesse a conhecer a solenidade de um tribunal.

Entre dúvidas e indecisões passaram os meses. Esteve uma delas na escolha do local para o julgamento. Pertencia a posse do réu à comarca na qual praticara o crime, ou à comarca em que se refugiou e foi preso? E o tempo a correr para o enfraquecimento da memória, da certeza dos passos, dos movimentos e da exactidão cerimonial da reconstituição do acto trágico.

Como e por onde vieste? Que horas eram? A quem mataste primeiro? Como estava ele? Como estava ela? Diz e faz como arrombaste a porta.

Era como se um passo a mais ou a menos fosse de uma importância vital. Quase inconsciente e mesmo sem vontade de repetir uma tal cena, fazia o que mandavam fazer, com ele a reprimir a vontade de vomitar.

Escarafunchavam toda aquela miséria, quando já tudo

sabiam, pela confissão expontânea. Mas se tudo estaria agora a ser diferente, a culpa não lhe cabia, para caber inteira a quem pretendia saber mais do que ele. Parecia quererem ir mais além da exactidão do acontecimento.

Feito pó e carvão quanto tinha sido madeira, de que modo queria essa gente que ele arrombasse a porta?

Se no espírito a confusão já não bastasse, havia ainda a perturbação gerada pela presença do povo, ali a dividir-se em pareceres: "Enforquem-no", gritavam uns; "fizeste muito bem", diziam outros.

Agora e logo se via empurrado pelos senhores à paisana: "Mexe-te! Não penses em me enganar com a tua falta de memória".

A palavra "memória" fê-lo lembrar-se do gato, a ser pisado involuntariamente.

– Onde estavas tu quando mataste a tua mulher?

– Não me lembro.

Tinham-no prevenido: "Arranja um bom advogado, ou então apanhas a pena máxima".

Com que pagar um bom ou mesmo mau advogado? Com cascas de alho? Nem isso tinha. Que soubesse, possuía três notas de vinte deixadas na maleta, caso as não tivessem roubado, com maleta e tudo. Quando disso quis saber, responderam: "Tá guardado".

Ali estava a apodrecer, como diziam os companheiros de calaboiço, a encher o tempo com chalaças, histórias e queixumes. Invariavelmente, todos se diziam inocentes.

À entrada de mais um no *piolho,* sacramental era a pergunta e quase sempre igual a resposta:

– Por que foste convidado?...

– Por nada. Tou inocente.

– Eu também. Quero dizer: julguei que tava inocente. Até que me lembrei que tinha visto as horas num relógio de parede. E zás! Apanharam-me com o relógio debaixo do braço. E a ti, como te apanharam?

Farto estava de ouvir histórias de presos inocentes quando o vieram buscar. Tiravam-no do calaboiço para o meter na cadeia, como se as pulgas e os baldes de porcaria fossem melhores. Diferente, apenas uma coisa: o caldo servido a horas, duas vezes por dia, de manhã e à tarde, e toca de encalhar na tarimba, às escuras, que luz não havia.

Também ali existiam os inocentes. Existiam enquanto se não lembravam de ter abatido alguém ou de pretender limpar um Banco. Quase não levavam a prisão a sério. E vinham as confissões em jeito de alegoria caricata.

– Com a melhor das intenções, um dia declarei guerra à gaveta do patrão. Passado tempo, tava eu a tratar do armistício quando me apanharam.

– Isso é uma autêntica miséria, se comparada com o meu idealismo...

– Qual? Passar droga?

– Não, não. Nada disso. Apenas por ter convidado um cofre para uma valsa.

Ao cabo de alguns dias passaram-no para outra cela, certamente por medidas de segurança devida aos assassinos. Se, com isso, julgavam contrariá-lo, enganaram-se. Viera encontrar um companheiro sem tolices nem garotices. Um tipo que sabia falar de coisas sérias. Para mais era uma cela só para dois.

Passado um mês apareceu um senhor a querer falar-lhe. Levaram-no ao parlatório, com um guarda de vigia, como se ele tivesse consigo a chave da porta da rua.

Olhou o senhor no outro lado da rede. Um quase rapaz, com óculos de enganar a gente, quanto à idade certa ou mais ou menos. Vidros brancos em aros pretos.

Disse "bom dia" e foi explicando. Era advogado, o seu advogado oficial, cedido pela bondade da justiça do Estado para o defender no tribunal. Defender de graça, visto não ter ele dinheiro para pagar advogado encartado na comarca. Quisesse ou não quisesse, teria de o aceitar em nome da Justiça, uma vez que, neste país, réu algum podia defender-se a si mesmo. Havia entendido?

O necessário agora era a sinceridade do incriminado. Já conhecia o processo, sim, mas teria de conhecer outras coisas da sua vida, tintim por tintim. Contasse a sua história desde pequenino.

– Isso já eu contei uma data de vezes.

– Não a mim. Não esqueça que sou o seu patrono. Por isso, confie em mim. Confie de olhos fechados e de coração aberto. Prometo defendê-lo o melhor que puder. E também não esqueça isto: você verá um sabichão a o acusar de tudo e de nada e de mais alguma coisa que nem você sabe. Já viu uma zaragata de comadres a lavar roupa suja? Pois é mais ou menos igual. No fim, vai pedir ao juiz que vos condene à pena máxima. Claro, não que ele lhe queira mal, de espécie nenhuma, mas somente por que tem de ser, por dever de ofício. Com isso não se preocupe. Lá estarei, a seu lado e do seu lado, para o que der e vier. Posto isto, preste atenção. Se quer ser ajudado, tem de me ajudar. A quanto lhe perguntar agora, responda com a verdade e só a verdade.

Esquecera-se o rapaz de dizer ou não quis dizer que este caso representava a sua primeira aparição num tribunal, com a toga vestida. Há um ano deixara Coimbra e viera estagiar no escritório de um velho causídico na cidade ribatejana.

Naturalmente ambicioso, agarrara a oportunidade com ambas as mãos e pôs-se a sonhar com um possível brilharete na sala de audiências repleta de um auditório atento. Crime passional era certeza da casa à cunha, hoje como sempre. Espécie de formigas atraídas pelo cheiro do escândalo.

De outra coisa estaria ele certo: a impressão sonora da sua voz, arma principal de um advogado, como também de um actor. E o que seria um advogado, um bom advogado, senão um actor talentoso? Também consigo estaria a arte da oratória e o poder da lógica, muito embora ilusões não alimentasse quanto a uma hipotética absolvição. Ao entrar no tribunal, o réu já estaria condenado.

Isso, porém, e a seu ver, não implicaria fracasso da sua parte, antes seria o primeiro passo de uma carreira de sucessos. A cidade iria ver-lhe, dentro em pouco, e em letras douradas, o nome numa placa de mármore, à entrada de um qualquer edifício.

Embora de muito asseio não brilhasse, mostrou o carcereiro cara de nojo ao abeirar-se do preso. Obrigado fosse a meter requerimento, obrigá-lo-ia a uma ensaboadela geral. Admirava-se do nariz de um cristão aguentar um tal cheirete.

Se lhe cortavam o cabelo à escovinha, favor seria se lhe rapassem a barba e o bigode. Já então o tinham metido em roupa nova. Ou seja, com inteira verdade, em segunda mão. A rigor, ninguém a podia dizer se branca ou se cinzenta. Uniforme de furta-cores, a cheirar a desinfectante violento.

Iria passar sete meses dentro dessa roupa antes de o mandarem a julgamento. Roupa fria no Inverno e quente no Verão.

Regressado do barbeiro, disse-lhe o companheiro de cela:

– Eh, pá, assim tás melhor! Tás outro. Já não pareces o Conde de Monte Cristo. Claro. Não o conheci, não, senhor, mas vi-lhe o retrato na capa de um livro. Palavra de honra, julguei que fosses muito mais velho. Quantos anos tens?

– Trinta, mais ou menos.

– Tenho quarenta. Se não arranjar maneira de me safar desta bodega, vou chegar a a velho sem tornar a ver a minha rua. Mas tenho fé em me safar muito antes de envelhecer. Nem estes gajos vão dar por isso. Vais ver.

Através das confissões mútuas, num simples falar por falar, faziam-se amigos sem dar por isso. Da conversa nasciam as amizades, fosse onde fosse, mundo além, desde que a franqueza sincera se fizesse sentir no timbre das palavras. Mas talvez em nenhum outro lugar, que não o das prisões, as bocas se faziam escape de quanto enchia o coração. Nada melhor para irmanar duas almas do que a perda da liberdade.

Para ele o ponto mais interessante da história do outro estaria na alusão à fronteira, algures entre Castelo de Vide e Valência de Alcântara. Em seu dizer, ia a governar a sua vida quando deparou com o guarda a apontar-lhe a carabina. Só que tinha sido mais lesto no desfechar da arma. A sorte, porém, não estava do seu lado. Nas costas outro guarda o obrigou a ficar quieto. E era tudo, ou seja, estava ali atrás das grades.

Emocionado disse ele:

– Castelo de Vide – Valência... Conheço o sítio.

Conversas após a noite caída, em voz baixa, para que com eles não gritassem os outros nas celas vizinhas. Palavras e mais palavras, mais de um lado, o do contrabandista, mas nunca o termo "assassínio". Se um matara para lavar a honra, o outro matou para não ser morto. Em sua opinião, agira em legítima defesa.

– Queria ver um juiz no meu lugar e naquela hora. Não procedesse como procedi e vivo não estaria agora. E será esse juiz, ou outro igual, quem me irá aplicar a dose, talvez a máxima, só porque não deixei que o tipo me matasse.

– Que quer você?... É a justiça. Contra isso, que pode a gente fazer?

– Nada. Mas sempre te digo... Quando fores a tribunal não mostres medo do juiz, nem baixes a cabeça. É isso o que eles querem. Quanto mais medo mais eles lixam um tipo.

– Lixam sempre.

– Mas lixam menos. No fundo, têm medo da gente. Basta a gente mostrar ódio. E pronto. Pensam na vingança, mal a gente saia prá rua.

– Se quer que lhe diga, sempre ouvi dizer que um tribunal é lugar de respeito. A gente tem de ouvir e calar.

– Sim? Vou-te contar um caso que me contaram. Um tipo foi preso pela Pide, por dizer mal do Salazar. Passado tempo o foram buscar ao Forte de Caxias pra responder no tribunal de Santa Clara. Claro, deram-lhe um advogado de ocasião, a fingir a defesa obrigada pela lei. Por fim o juiz leu a sentença. Sete anos de cadeia, com perda de direitos políticos por igual tempo. A fingir de mouco, disse o tipo que não tinha ouvido bem. E o juiz repetiu a sentença: "Condenado a sete anos de prisão e perda de direitos políticos por igual tempo". A rir, o tipo comentou: "Com essa dos direitos perdidos é que vossa excelência me lixou. Pode limpar as mãos à parede".

Por momentos ficaram em silêncio, até que o contrabandista perguntou:

– Entendeste?

– Entendi o quê?

– Ó pá, tás muito verde! Tens de lavar os miolos. Então não te diz nada a coragem de um homem em pleno tribunal? Se isso não vês, olha, meu caro, tás tramado. E pronto. Por hoje não te digo mais nada. Boa noite!

– Tá chegando o dia – disse o contrabandista. – O dia D.

Ficou sem entender a charada.

– Que dia vem a ser esse?

O outro explicou. Dia D queria dizer dia da desilusão, ou mais claramente o dia da sentença. Até aí qualquer desgraçado alimentava ilusões a respeito da justiça e da compreensão dos juizes. Sonhava com advogados maravilhosos, com delegados humanizados, com um juiz pronto a entender e desculpar um disparate acidental, do qual bem via o infeliz arrependido. E o juiz diria: "Tá bem. Desta vez escapas. A justiça tá aqui pra isso mesmo; fazer um jeito ao arrependimento. Vai-te em paz e não voltes a pecar".

Com essa ilusão ia o desgraçado a tribunal. Porém, sem certeza de coisa alguma. E aí é que tava o mal. Se, por um lado, era ilusão a dar-lhe um pouco de fé, por outro, era a dúvida a pôr-lhe os nervos em franja. Sim? Não? Tudo acabava no Dia D. Veria ele a hora da sentença como se varriam ilusões, mas também como se ganhava o alívio oferecido pela realidade. Nunca mais o tormento da dúvida para ficar o sossego da paz, igual ao de quem saldou uma dívida sagrada.

Manhã cedo deram-lhe a roupa, com a qual ali entrara no ano passado.

– Veste-te.

Tudo inteiriçado e a tresandar a fenol, incluindo as botas e o boné, num quase milagre de ressurreição.

Sai para o corredor, a ouvir a voz do contrabandista:

– Boa sorte, irmão!

No meio de fardas alcançou a saída, como se fosse o presidente da República a ser condecorado com um par de algemas.

À imagem de um cubo negro, esperava-o o carro celular à

beira do portão.

Lotada estaria a sala de audiências, porquanto havia gente cá fora, sem poder entrar, sem poder assistir ao final desse longo motivo de conversa e a que chamavam o crime mais horroroso naquelas paragens.

A desviar os olhos dessa gente murmurante, recordou um dos pareceres do contrabandista: "Não baixes a cabeça. Essa gente é como os cães: quanto mais medo mostramos mais investem".

Livrado das algemas mandaram-no sentar num banco, de costas voltadas para a assistência, o que já não era de todo mau. O pior estava nessa espécie de agonia entalada no esófago desde a véspera.

O tormento atingiu o auge na ocasião em que aquela gente se levantou para que o juiz se sentasse. Um outro senhor, também vestido de preto (tudo de luto, pensou ele) desatou a falar, a falar contra ele, como se o conhecesse desde pequeno. Uma torrente de palavras azedas, na sua maioria incompreensíveis. E o seu advogado a ouvir sem responder, para só abanar a cabeça, como se quisesse dizer "não, senhor", mas não dizia.

Apenas percebeu isto: aquele senhor falador devia ser o maioral, dado se encontrar em poleiro à altura do juiz, enquanto que o advogado se conservava em baixo, revés com os demais, incluindo ele. E esse maioral ali estaria para o tramar: falava de tiros, mortes, incêndios; de pessoas inocentes a morrer às mãos de um malvado; ainda longe, lá na França, emigrante clandestino, refractário dos sagrados deveres para com a pátria, premeditara o crime e viera executá-lo a sangue frio.

A seguir começaram a chamar pessoas, uma de cada vez. Viu entrar o velho Antunes da Loja, seu antigo patrão. Puseram-no atrás de uma pequena cancela e pediram-lhe que jurasse pela sua honra só dizer a verdade e só a verdade. Logo lhe acudiu uma das opiniões do contrabandista: "Eles costumam pedir a verdade às testemunhas, só a verdade, quando isso, em meu entender, só serve pra acordar a mentira, ora pra lixar um tipo, ora pra o ajudar a safar-se. Depende do lado em que estiver o interesse da testemunha".

Ouviu o senhor maioral perguntar:

– Senhora testemunha, conhece o réu?

Respondeu sim, senhor, e a conversa continuou:

– Onde e como o conheceu?

– Na minha casa, ou seja, na minha loja e nas minhas terras.

Trabalhou pra mim durante anos.

– Como se comportava ele? Bem ou mal?

– Sempre bem.

– Nunca provocou brigas?

– Que eu saiba, não, senhor. Por isso muito me admirei que ele pudesse fazer...

– Limite-se a responder às perguntas. Como seu criado, não se lembrou a testemunha de o mandar cumprir o serviço militar, conforme a lei.

– Pra dizer a verdade, nunca disso me lembrei.

– Não se lembrou ou não sabia que tinha ao seu serviço um refractário?

– Não sabia.

– Foi a testemunha quem ensinou a usar armas de fogo?

A testemunha hesitou, como se forçasse a memória.

– Foi ou não foi?

– Não tou bem certo.

– Peço-lhe que esteja. Fale.

– Tou lembrado de um dia em que lhe disse como se usava uma caçadeira.

– Com que fim?

– Dar cabo dos pardais que me davam cabo do milho e do trigo.

– E ele deu cabo das aves?

– Muito bem.

– Sem dúvida. De um instante para outro aprendia as coisas depressa.

– Muito bem. Em sua opinião, ele era inteligente. Era e é, ou não será assim?

– Assim parecia.

– Parecia ou era de facto?

– Quer dizer que era inteligente?

– Sim, senhor.

A dar-se por satisfeito, o maioral disse "é tudo" e voltou-se para o advogado:

– É sua a testemunha.

O rapaz pôs-se de pé e declarou:

– Meritíssimo senhor doutor juiz, prescindo da testemunha.

Da assistência se levantou um "ah", em jeito de espanto. Então a defesa não falava? Que raio de advogado era esse? Ele mesmo se viu desiludido. Ao menos o outro, embora à procura da maldade, queria-o inteligente.

Na segunda testemunha reconheceu o seu último patrão. O

maioral recomeçou:
- Como se chama?
- Albino de Jesus.
- O que faz?
- Sou comerciante.
- De quê?
- De cereais. Tenho armazém na vila.
- Quando conheceu o réu?
- Há uns quatro anos. Pediu-me trabalho e dei-lho.
- Trouxe-lhe embaraços?
- Nenhuns. Sempre foi pontual e lesto. Passado tempo disse que não trabalhava mais para mim.
- Disse-lhe com arrogância?
- Com quê?
- Com hostilidade. Ar de insulto.
- Não, senhor. Bem pelo contrário. Até pediu desculpa.
- Não disse por que razão se despedia?
- Disse, sim, senhor. Ia emigrar para a França, porque a emigração era o único meio de...
- A opinião não interessa. Alguma vez o viu brigar, ameaçar alguém, mostrar ódio?
- Nunca.

Voltou a oferecer a testemunha ao advogado e este, sem hesitar, repetiu a recusa.

De novo se ouviu aquele "ah", desta vez com sabor a incredulidade. Estaria o advogado feito com o acusador para assim e mais depressa se livrarem do infeliz? De longe tinha vindo gente interessada no julgamento: ouvir falar de mortes e fogo posto e ninguém se referia. Ou não valia a pena? Era de apostar em como a sentença já estaria lavrada muito antes do julgamento. Se assim era, para que serviam os advogados?

Talvez nem todos assim pensassem, por falta de capacidade dedutiva, o que decerto não seria o caso daqueles três repórteres, ali de esferográfica em punho.

Quem bem pensava que, num país caído em ditadura, a Justiça teria de sofrer as consequências de uma tal política. O tribunal tinha um juiz, por vezes três, mas não um jurado a quem o causídico pudesse dirigir-se no sentido não só da justiça possível mas também no apelo à piedade humana. Se dessa ausência democrática sabiam a defesa e a acusação, para quê perder tempo com fingimentos?

Testemunhas e mais testemunhas a nada a adiantar aos depoimentos das anteriores, e sem que o advogado interviesse.

Ainda assim, o delegado do Ministério Público pretendeu entrar no campo das surpresas. Embora sem inteira legalidade, mas a evocar a necessidade de certos esclarecimentos, pediu ao juiz a permissão de ouvir a viúva da vítima, ali presente. Pedido aceite. E isso teve o condão de avivar o ânimo do auditório. Agora, sim. Iria ouvir queixas.

Voz do oficial de diligências:

– O tribunal chama a viúva da vítima.

De entre os populares ergueu-se uma mulher vestida de preto. Foi postar-se onde a mandaram e o delegado falou:

– Como se chama?

– Maria Matilde.

– Viúva do Arlindo do Poço?

– Sim, senhor.

– A sua idade?

– Quarenta e dois anos.

– E quantos de casada?

– Vinte e três.

– Tem filhos?

– Não, senhor.

– Sempre se deu bem com o seu marido?

– Sempre.

– Conhece o réu?

– Conheço.

– Diga como e onde o conheceu.

– Em minha casa.

– Visita habitual?

– Não, senhor. Alguns domingos de tarde.

– Seu marido estava presente?

– Sim, senhor.

– O que pretendia o réu com as visitas?

– Queria aprender a ler comigo.

– E porque não com o seu marido?

– O meu marido não tinha paciência para ensinar.

– Ele aprendeu a ler?

– Não teve tempo.

– Quer dizer que aprendia?

– Sim, senhor.

– Então, não era estúpido. E, se não era estúpido, como o qualifica? De inteligente? Pense bem. Pense e responda com firmeza. Inteligente ou não?

– Bastante inteligente.

E ele sem saber para que diabo queria o maioral que o

soubessem inteligente? Era coisa em que não havia pensado até aí.

O delegado virou-se para o juiz:

– É tudo.

Por sua vez, o juiz perguntou à defesa se teria algo a inquirir. E ela respondeu, a falar pela primeira vez, que faria uma só pergunta.

– Faça.

Até que enfim, suspirou o auditório. O rapaz ia falar.

– Minha senhora – assim começou ele, com delicadeza, – tinha ou não tinha conhecimento directo ou indirecto dos encontros nocturnos do seu marido com a legítima mulher deste honrado trabalhador?

Protesto do delegado, pelo tom e pelos termos empregues na questão.

Aceite a intervenção, pediu o juiz que a defesa moderasse a emotividade e fosse objectiva.

– Decerto, meritíssimo senhor juiz. – E para a mulher: Diga se chegou a saber dos encontros do seu marido com a mulher do réu.

– Não, senhor.

– Nenhuma suspeita?

Novo protesto aceite. O advogado olhou o juiz, olhou o delegado e agradeceu à testemunha.

– É tudo.

Seguiram-se os debates, que de verdade não houve, porquanto e em silêncio se limitou a defesa a ouvir a acusação. Visse o tribunal o facto de estar perante um criminoso nato, calculista, inteligente e frio. Um crime premeditado, concebido e levado a cabo, de modo bárbaro, por um ser responsável, porque servido de inteligência e portanto condenável. Aqui ouvidas, todas as testemunhas foram peremptórias na afirmação da inteligência do réu. De resto, já isso estava demonstrado pelo próprio crime. Abate as vítimas e serve-se do fogo para as esconder. Um cérebro tacanho não se lembraria de tal embuste. De tais criminosos, frios, inteligentes, conscienciosos, não pode a sociedade estar à mercê, pelo que peço a pena máxima para o réu. Disse e sentou-se, certo do dever cumprido.

Teve o juiz um gesto para o advogado. Podia falar. E ele falou:

– Meritíssimo juiz desta comarca, tanto eu como Vossa Excelência reparámos neste lapso em toda a actuação do ilustre representante do Ministério Público: Nem uma só vez aludiu o móbil do crime praticado pelo réu, ou seja, a raiz daquela tragédia. Referi-la-ei mais adiante. Por agora cinjo-me ao papel das testemunhas, por irrelevante. Nenhuma delas apontou a mais pequena nódoa no passado social do meu constituinte; antes lhe apontaram qualidades morais e cívicas. E testemunhas de quê? Alguma ocular? Nenhuma. Se sabemos que foi ele quem cometeu o crime, não é por alguém ter assistido, mas por ele mesmo o ter confessado.

Puxou da manga um lenço e passou-o pela boca.

– Se o ilustre delegado do Ministério Público se baseia na inteligência do réu, para o tornar responsável, eu poderia basear-me na sua perturbação psíquica de homem traído para o dizer irresponsável.

Assim, sim, estaria a dizer o auditório, com vontade de aplaudir. Voltou-se para essa gente, como se ela constituísse um jurado democrático:

– Dirijo-me aos homens, a todos os homens dignos de tal nomeada; homens honestos, esposos confiantes, e pergunto: O que faríeis vós se vos vísseis atraiçoados no vosso amor e na vossa dignidade? Escutai a resposta da vossa própria consciência. Qual o maior dos crimes, quando emporcalhada uma honra? Matar ou atraiçoar? Cuidado: não estou nem quero actos de assassinato em que circunstâncias forem, até porque sou contra a pena de morte. Aquilo que pretendo é vos lembrar o dever de se ter em conta o estado de alma de um homem ofendido. Não é nem pode ser o estado de alma de um homem confiante. Todo o abalo moral deixa uma alma doente. Por conseguinte, um homem traído, mesmo que inteligente, já não é o homem responsável.

De novo o lenço a passar pela boca.

– Assim, e pela força da lógica, se nega e se desfaz o argumento acusatório de que um homem ferido pela traição age com frieza e inteligência. Isso não é possível. Num caso de dor moral, ou mesmo física, mas sobretudo moral, a própria inteligência se perturba. Em tais condições poderá um homem conservar-se lúcido?

Encarou o juiz, depois o delegado, como se deles esperasse a resposta. Silêncio. E ele prosseguiu:

– Se um tribunal é constituído para ministrar a justiça, e é sem a menor sombra de dúvida, vejo-me na obrigação de perguntar se este homem de alma doente merece a pena máxima exigida pelo digno representante do Ministério

Público? Permita-me Vossa Excelência, senhor doutor juiz, seja eu mesmo a responder à pergunta. E respondo: Não. Tem este não a consciência do respeito pelo tribunal e do amor à justiça. A meu ver e a ter em conta a causa deste drama, quem o tribunal devia condenar não era este homem e sim este país pelo crime de uma emigração estimulada.

Em seus assentos se mexeram o juiz e o delegado. Sem disso fazer caso, o advogado continuou:

– Sentado no banco dos réus, o criminoso chama-se Pedro dos Anjos, quando deveria chamar-se Miséria Nacional. Alimentada pelas remessas...

Cortou-lhe a fala o Juiz:

– Senhor advogado, não lhe permito desvios dessa natureza! O senhor saiu dos limites da sua função. Suspensa fica a sessão por vinte minutos.

Ao deixar a sala, da assistência se levantou um burburinho de cochichos e no ar se manteve até o regresso do magistrado. Ia ler a sentença, visto não haver mais nada a tratar.

– Levante-se o réu.

O réu era ele e ele se levantou. E ouviu falar de considerandos, atenuantes e, por fim, em vinte anos de prisão.

A nova chegou à vila, chegou à aldeia. O Pedro apanhou vinte anos. E outras novas foram chegando, para ser comentadas de modo abafado, pela simples razão de se não saber quem estaria a ouvir para depois falar...

Também se viraram os zunzuns para os jornais. Estranha era a atitude das folhas em relação ao julgamento de um caso tão badalado. Embora dele falassem, sem grande relevo, nem uma só vez citaram o nome do advogado de defesa.

Um pouco mais tarde voltariam os zunzuns acerca do causídico debutante. Teria sido convidado a visitar as instalações da PIDE em Lisboa, numa ida sem volta.

Inevitáveis, lá vinham os comentários. Seria isso verdade? Ou não seria mais um boato? Se era boato, seria mais um neste país de boatos, sim, mas também de verdades, por vezes bem amargas. O advogadinho já andaria a ser vigiado por falar de mais daquilo que não convinha a uma certa política. Ganhara com isso a fama de esquerdista, o que não era nada saudável.

Regressado à cadeia, quis saber o contrabandista:

- Quantos?

Vinte anos.

- Nada bom, mas foi o que eu calculei. E vinte anos dão pra fazer muita coisa. Sobretudo, duas coisas: criar piolhos e cabelos brancos. O teu advogado trabalhou bem?

- Julgo que sim.

Era noite. Falavam baixo e às escuras.

- A tua pena não foi nada leve, mas a minha será muito mais pesada. Mataste um safado mais uma cabra. Desculpa lá mas é assim mesmo. Eu, não. Matei um tipo fardado, embora em legítima defesa. Vi a morte diante dos olhos. Só que o juiz não vai levar isso em conta. Pelo contrário. Vai ver a farda. Não me vai dar menos de vinte e cinco, se não os vinte e oito, ou então os trinta e um anos da tabela máxima. Mas digo-te uma coisa. Nunca ouviste dizer que a esperança é a última a morrer? Pois é verdade. A esse respeito tenho cá uma ideia, cá dentro, que lá fora tenho amigos. Tás a perceber? Também nunca ouviste falar de pássaros fugidos da gaiola sem ninguém dar por isso? Se for como eu penso, o juiz não me apanha. Duvidas? Ouviste ou tás a dormir?

– Ouvi.

– Porreiro. Vou-te contar um caso. Uma madrugada eu tava em Peniche... Sabes onde é Peniche?

– Já ouvi falar.

– Uma vila de pescadores. Fui lá falar com um tipo e fomos os dois prá praia esperar o bote de uma traineira, com uma encomenda. Enquanto a gente esperava, ele perguntou se eu sabia da última. Disse que não e ele contou o sucedido algumas noites antes. Um comunista, comunista dos grandes, tinha fugido do forte, ali mesmo, onde eles metem os comunistas a sete chaves. Tás entendendo? Ora se um gajo consegue fugir de um lugar daqueles, como se tivesse asas, não posso eu cavar daqui do mesmo jeito? Posso. É uma questão de miolos, cachola, e esperar a hora certa. Não? Vais ouvir dizer.

Na semana seguinte veio a novidade. O sentenciado ia transitar para outra cadeia, em Lisboa. Medida de segurança. E disse o contrabandista:

– Viva o luxo! Hotel de cinco estrelas.

Na hora da despedida, mostrara-se muito mais sério:

– Se não puderes fugir, procura arranjar um pouco de paciência. E vê se te portas bem. A quem se porta bem, eles tiram uns aninhos de cima... Sobretudo, não esqueças da esperança. E há mais uma coisa. Só em liberdade a gente pode sentir remorsos; na cadeia, não. Cumprida a pena, tudo se apaga, porque a gente pagou a conta.

Voltou a vestir o fato velho, as botas compradas ao cigano e via, ao cabo de tanto tempo, a esfolada maleta, perante a qual ficou a matutar. Afinal, essa gente sabia guardar as coisas.

Algemas nos pulsos, diante da barriga, e subida para o carro celular. A certa altura do trajecto, bastante longo, sentiu comichão no fundo das costas. Pulga, piolho ou chato? E ele sem se poder coçar. A torcer-se na tábua do banco, lá foi aguentando o martírio.

O carro transpôs o portão e foi parar num terreiro, entre muros e um enorme casarão. Ao apear-se, reparou na claridade do dia. Um dia bonito. Nem calor nem frio. A quantos estava?

Não sabia. Deixara de se interessar pelo tempo a fiar dias, semanas, meses, e nisso não iria pensar no anos mais próximos.

Tinha razão o contrabandista. Aquilo, por dentro, parecia um palácio de corredores, uns por cima dos outros, num imenso quadrado de mirantes ou varandas diante de portas gradeadas. E tudo a brilhar de limpo e a cheirar a fénico, certamente para afugentar as pulgas.

Sem algemas. Conduziram-no a um quarto bonito e arejado. Sentado a uma mesa, com papéis e telefones, estava um senhor em mangas de camisa. Por cima dos óculos, olhou-o de alto a baixo. Quando satisfeito, mirou papéis diante de si e perguntou:

– És o Pedro dos Anjos?

– Sim, senhor.

– Bom. – Despediu o guarda. Ficaram sós. – Antes de mais nada, quero que me digas que pessoa és tu. – Viu-o embaraçado. – Não tens ideia de quem és? Pensa e diz. Quero saber.

– Sou Pedro dos Anjos

– Nada mais?

– Sempre trabalhei na minha vida, na minha terra e na França. – Lembrou-se do contrabandista: "Nunca mostres medo. Os mandões são como os cães. Quanto mais medo a gente mostra mais eles investem". Verdadeiramente, aquele senhor não estaria com maneiras de investir, antes parecia bem disposto, falando sem fazer carrancas. Viera a saber mais tarde que ele, a quem chamavam de Comandante, tinha por hábito pregar um sermão a cada recém-chegado, não por mal mas para que o novato ficasse a saber como conduzir-se na sua nova casa.

– Não me digas que também não sabes o que fizeste de mal. Foi como se contraísses uma dívida e aqui a vieste pagar. A esse respeito, é meu dever dizer umas coisas. Tanto para teu bem como para teu governo. E só as digo uma vez. Depois, não te lamentes. Porta-te mal e verás. Nunca ouviste falar do segredo?

– Já ouvi mas não sei como é.

– Nem queiras saber... Ora bem. A partir de hoje, 26 de Maio de 1968 a 26 de Maio de 1988, aqui irás viver como pessoa de bem. Entendido?

– Sim, senhor.

– Uma pessoa honrada que vem pagar uma dívida... Se te portares bem, poderás ver a pena reduzida. Veremos. Depende do teu comportamento. Na pior das hipóteses, até 88 esta é a tua casa, sim, mas uma casa com regras e deveres. Não provoques ninguém nem te deixes exaltar por coisa nenhuma deste mundo. E se quiseres trabalhar nisto ou naquilo, à tua escolha, isso será tomado em consideração. O que sabes fazer? Tens ofício?

– Sei carregar sacos, ajudar pedreiros e trabalhar no campo.

– Verás o que melhor te convier. – Premiu um botão, uma campainha tocou lá fora e o guarda entrou. – Leva-o.

Após uniformizado, andou de Herodes para Pilatos. Fotografaram-no,mediram-no,pesaram-no,escarafuncharam-lhe os ouvidos, acenderam luzinhas encostadas aos olhos, entalaram-no entre vidros escuros, besuntaram-lhe os dedos das mãos de tinta preta para ver o efeito num papel branco.

Espécie de pijama branco listado de preto era a nova roupa, com um número de três algarismos; um par de chinelos e um barrete em forma de malga, no qual enfiou a cabeça rapada à escovinha.

A propósito de tudo ou mesmo de coisa nenhuma, lembrava-se do contrabandista, com as suas arengas, por vezes divertidas. "Viva o luxo! Hotel de cinco estrelas". Sentia a falta do contrabandista. Como diria ele, o seu aposento, partilhado por mais três hóspedes, tinha porta para a varanda lajeada de branco. Tudo era branco, excepto as tarimbas, em dois beliches, e também as grades, como que para não ser igual.

Brancos também eram dois dos companheiros de suite, que o outro era negro, negro da Guiné, esguio e bastante jovem. Os outros, nem por isso. Cinquentões resignados e sem risos, ao contrário do negro, a parecer maluco. Tão depressa ria como chorava, a chamar pela mãe.

À semelhança de outra cadeia, preferiam conversar nas primeiras horas da noite, até chegar o sono. Conversas despidas de interesse, aquele interesse das conversas do contrabandista. Quase sempre não passavam de lamentos. Um desses companheiros brancos, a dizer-se raiano alentejano, tinha por costume usar o estribilho árabe de Deus é grande, ao que o outro acrescentava: "Maior que tudo junto".

Disse-lhe um deles:

– Ó pá, tás com sorte. Chegaste ontem e já amanhã tens rancho melhorado.

– Porquê?

– Porque é dia santo.

– Qual santo?

– O vinte e oito de Maio. Com o de amanhã já são quatro que festejo aqui com dois croquetes ao pé da sopa. Às vezes, também um pêro.

Um, agora; outro, depois, emudeciam, por vontade do sono. E não tardava a fazer-se ouvir o trio ressonante. Era a melhor altura para se masturbar. Em o não fazendo, já sabia o resultado: uma cambulhada de sonhos e o despertar molhado, mais o amargor de boca.

Um dia, à hora do almoço, um dos guardas o interpelou:

– Então, já escolheste um ofício?

– Ainda não. Quer dizer: não sei.

– É melhor que saibas. Não queiras ser vadio por vinte anos. O casão tá precisando de aprendizes de sapateiro. Ou queres ser carpinteiro. São José também era. Que dizes tu?

– Vou pensar.

Pensou e resolveu. Ia fazer mesas e cadeiras.

Iam assim passando os dias, com ele a raspar tábuas, não todos os dias. Rara a semana sem folga, além do domingo. Uma data de dias santos: o 1º. de Maio, o 28 de Maio, o Dia de Santo António, O Corpo de Deus, o Dia da Assunção, Terça-feira de Carnaval, Sexta-feira Santa, 1.º de Dezembro, o Dia de Natal, o Dia da Conceição, o 1.º de Janeiro e mais um ror deles. Descansava-se mais na cidade que no campo.

Já sabia pegar na raspadeira quando ouviu o mestre anunciar três dias de descanso, mas com missa obrigatória na capela. Esse primeiro dia era o 27 de Julho de 1970. Tinha falecido o senhor doutor Salazar.

Se alguém deitou foguetes, ali não foi. Essa não era a cadeia de políticos. Até se ouvia alguém perguntar, como se lá fora estivesse:

– E agora? Vai ser um mal pró país?

– Se vai. Os comunistas vão governar. Andam à espera disso há uma data de tempo.

Até aí alheada do mundo externo, essa gente estaria a ter consciência do fenómeno político-social. De que maneira iria agora governar-se um país habituado a um só governo durante tantos anos? Talvez de todo não fosse o governante a ditar leis e vontades e sim o tempo a enraizar hábitos e modos de pensar. E a mudança seria igual à derrocada de um velho castelo, com todo um povo lá dentro.

Privados de liberdade, viveram esses homens dias de apreensão, mormente nas horas autorizadas para escutar a rádio.

Afinal, nada aconteceu digno de receio. Rei morto, rei posto. Chamava-se Marcelo Caetano, um quase desconhecido, que o outro maioral, Américo Tomás, garantia a mesma política.

Ali dentro e em seu passo de lesma, o tempo ia passando, tal como passa em todas as cadeias do mundo.

Já ansiava o equilíbrio das tábuas de um banco quando o zunzum trespassou as paredes do presídio. Tão grande era o acontecimento, que venceu as espessuras e acabou por declarar-se inteiramente.

– Agora é que foi!...

– Pois foi. Mas o que será depois?

– Quero lá saber...

– Se não queres saber, quero eu. Tenho parentes e amigos na guerra de África.

– O meu pai morreu no Tarrafal.

Sabiam da novidade. Saída à rua, a tropa derrubara a ditadura. O mês de Abril do ano de 1974. Ia ele no seu sexto ano de cativeiro.

Na tarde de um domingo do ano seguinte iria ver-se mudo de espanto. Sentado num dos cantos da cerca, a ouvir aquela espécie de grafonola a falar de futebol, reparou, entre tantas, numa cara aberta em sorriso para si. A cara do contrabandista. Veio ele sentar-se-lhe ao lado.

– Cá tou eu no hotel de cinco estrelas... O paraíso dos perigosos.

– Julguei que tivesses fugido.

– Tentei mas não resultou. A culpa foi minha. Pus-me a adiar, a adiar, pensando que seria mais fácil depois do julgamento, mas parece que os cabrões adivinhavam a coisa. Vigiaram-me dia e noite.

– Quantos lhe deram?

– Vinte e cinco.

– É o diabo.

– Pois é. Tou mais tramado que tu. O que mais me arrelia é a situação da minha mulher e dos meus filhos. Por hora, ainda tem ela uns dinheiros pra se governar. E depois? Como vai ser? Claro, tenho os sócios lá fora. Conto com eles, mas até quando? Sabes? Conheço os homens, conheço os amigos, conheço o tempo... De um dia para outro, um amigo pode ser um filho da puta. – E num repente: – Tens tido visitas?

– Cás visitas? Não tenho ninguém.

– Desculpa. Não sabia. Em que andar tás tu?

– No segundo.

– Tou no terceiro, numa suite reservada aos mais perigosos... Quantos hóspedes tens contigo?

– Três.

– Bons ou maus para ti.

– Não tenho razões de queixa.

– Porreiro.

De vez em quando lembrava o sermão daquele senhor a quem chamavam Comandante. Não respondas a provocações. Um bom comportamento pode aliviar a pena.

Mais em conta levava o sermão do que o ofício de carpinteiro. Não tinha nascido para trabalhos leves. Pensou em mudar para sapateiro, mas talvez fosse pior. Passar o dia sentado, não: por coisa nenhuma deste mundo. E lá se ia deixando ficar na raspadura das tábuas, até que veio a hora do diabo.

No refeitório estava a tragar o rancho quando viu os dentes daquele tipo, no outro lado do mesão, mesmo diante de si. Uma cara quadrada, engelhada de riso.

– Tás a rir de mim, porquê? Tenho a cara suja?

– Qual nada. A tua cara não me faz rir. O que me faz rir é esse teu par de cornos. Deve ser deste tamanho…

Não se lembrou do Comandante, não pensou em si, não viu mais ninguém. Num ápice de relâmpago, ergueu-se, estendeu o braço e a colher, de um só golpe, raspou aquela cara de cima a baixo.

Toda a mesa se agitou, em atitude dividida: uns contra, outros a favor do agressor.

Sinais de alarme, guardas empunhando armas, vozes pedindo calma. Provocador para a enfermaria, agressor para o segredo. O temível segredo. Três dias e três noites infernais. Bem dissera o Comandante: "Não queiras saber como é".

Cubículo escuro, frio, sem comprimento nem largura para se estender e nada em que se apoiar, a não ser as paredes e um balde fedorento.

Não tinha lembrança de há quanto tempo não chorava.

Uma vez por dia o carcereiro abria o postigo e lhe passava o pão e a água. Passada uma hora vinha buscar o jarro de plástico. E até amanhã, se Deus quiser...

Findo o castigo, arrastaram-no para um quarto lajeado, despiram-no, apontaram-lhe uma mangueira de água fria e toca a dançar a dança dos encolhidos.

Reanimado, viu-se a pensar nas coisas que tinha aprendido em tão pouco tempo. Uma delas era esta: mesmo com vontade de dizer não, teria de dizer sim a quem estava por cima.

Após aqueles três dias escuros, dera para relaxar-se. Que se lixasse a carpintaria! Não era obrigado a aprender coisa nenhuma. Não era obrigado, mas convidaram-no, talvez como castigo, a acartar lenha, duas vezes por dia, da arrecadação para a cozinha. À socapa, soltara um risinho. Julgavam-no contrariado, quando afinal o encantavam. E mais ainda: havia encontrado um tipo porreiro na cozinha, a dar-lhe aquilo que raramente ia à mesa: um croquete ou um pastel de bacalhau. Embora pouca, havia gente boa neste mundo.

A maior das preocupações postas em ansiedade era a da chegada das tardes de domingo, que as manhãs se reservavam à missa na capela, sem muito rigor, embora o capelão aconselhasse inteira devoção e o dever da confissão, pelo menos uma vez cada ano. Também havia a escanhoadela, com o barbeiro de confiança.

Navalha de barba não ia à mão de um qualquer. Do mesmo modo não ia à mesa garfos e facas.

Tarde de domingo era, pois, de recreio na cerca, com dezenas de olhos vigilantes e mãos a segurar metralhadoras; também de visitas, no parlatório, para quem as tivesse.

A presença do contrabandista era de todas as coisas a melhor. Além de sentir o bem da amizade, muito tinha aprendido com esse homem sem sorte. O salto para a França, ida e volta, abrira-lhe um pouco os olhos, era verdade, mas ainda não aprendera a conhecer os homens, como parecia conhecer o contrabandista. Se os tivesse conhecido, decerto não estaria agora ali. Antes de confiar nas amizades, teria pensado que também elas tinham avesso. Disso bem parecia saber o contrabandista: "De um dia para o outro, um amigo pode ser um filha da puta".

A falar com ele na cerca, lembrou-se de perguntar-lhe o nome. Viu-o encolher os ombros.

– Que importa isso agora? Tal como tu, eu tenho um número. Aqui, toda a gente o tem. Não te disse que isto é um hotel?... Porventura os criados sabem o nome dos hóspedes? Não. É o senhor do quarto 200 ou a senhora da suite 22.

Contudo, acabaria por dizer:

– Alfredo. Alfredo de Jesus Catarino. Claro, o Jesus parece tar a mais... Na outra cadeia cheguei a rezar, com fé e esperança, mas o Jesus não me ligou. Como vês, tou aqui. Que mais queres tu saber? Tou com trinta e cinco anos e tal, moro em Lisboa, tenho mulher, casado de verdade, e fiz dois filhos: um rapaz e uma rapariga. Ele tem dez anos e ela tem oito. Já pensaste?... Se Deus não me ajudar a fugir daqui, sabes o que vai acontecer? Quando me puserem na rua, se eu ainda for vivo, serão adultos os meus filhos, minha mulher estará velha e eu estarei com sessenta anos. Bonito!... E há mais isto, que a gente nunca sabe: a doença e a morte, sem falar no direito de a mulher pedir o divórcio. Era pra ela, era prós meus filhos que eu trabalhava quando aconteceu a desgraça...

Um assomo de revolta:

– E nasce uma pessoa pra isto. Nasce uma pessoa pra morrer. Já viste coisa mais estúpida?

No domingo seguinte veio com a novidade:

– Tive visitas. A patroa. Veio sozinha. Achou por bem não trazer as crianças. Para eles eu tou em viagem. – Risinho frustrado. – Enchi-me de coragem e falei do divórcio, se acaso ela o quisesse. Não queria. Mas isso nada quer dizer por enquanto. Vinte e cinco anos é muito tempo, tempo bastante pra se mudar de ideias.

Tentou o borrifo do ânimo:

– Pode ser que não. Também um dos meus sócios me veio ver. Deixou-me mais sossegado. Garantiu mandar à minha mulher dez por cento dos lucros... E sabes uma coisa? Vieram-me as lágrimas aos olhos. Mas também não me perguntes até quando a percentagem...

O andar de lesmo ia arrastando anos sempre iguais. Hóspedes saíam, hóspedes entravam. Mais os entrados que os saídos. Quase ninguém fazia caso do tempo. Os mesmos dias santos e feriados. Se da folhinha tiraram o 28 de Maio, lá puseram o 25 de Abril, com alguns presos a dar vivas à liberdade.

Pelo que ouvira dizer, o Marcelo Caetano tinha morrido no Brasil e o almirante Tomás estaria a finar-se no Restelo. Tudo acabava sem glória. Quem mandava agora era um senhor capitão chamado Ramalho Eanes.

Em princípio de 86 veio a novidade. A bondade dos maiorais havia concebido a graça de lhe reduzir a pena dos vinte para os dezoito anos, dado o comportamento sofrível e não impecável. A folha rezava três dias de segredo por agressão. Em Maio estaria na rua.

Disso informado, o Alfredo contrabandista pô-lo a decorar umas certas coisas. Bem as poderia fazer lá fora, a bem da mulher e dos filhos, e não julgasse fazê-las de graça. Os sócios iriam pagar, generosamente. Dinheiro não faltava. Com o seu conhecimento da fronteira, seria elemento utilíssimo. Dinheiro no bolso. Dinheiro gordo. Disse-lhe o nome da rua.

– Repete. – repetiu. – Não te esqueças. No domingo voltarás a repetir. Se fizeres tudo direitinho, terás o futuro garantido. E boca fechada. Daqui a sete anos, quando eu sair, caso não saia antes, havemos de nos encontrar e festejar o encontro.

Veio o domingo. Lição sabida.

– Tens boa memória. Agora, o resto. Vais andando nessa rua até encontrares uma bomba de gasolina. Aí, perguntas pelo senhor Ricardo. Repete. – Repetiu. – Certo. Dizes ao senhor Ricardo que vais da minha parte, ou seja, da parte do Catarino. Claro, disso já eles sabem. E pronto. Tens emprego garantido e bem pago. Agora, outra coisa. Quando pronto para saíres daqui eles vão perguntar o que tencionas fazer, visto que não tens ninguém à tua espera nem conheces Lisboa. E tu respondes que vais voltar à tua terra, trabalhar, viver em paz com toda a gente e na graça de Deus. Diz isso que eles gostam de ouvir. Então e sem perda de tempo procuras essa rua, a bomba de gasolina e o senhor Ricardo. Por amor de Deus, não te atrapalhes! Vais perguntando às pessoas, até lá chegar, e com bons modos. As pessoas gostam de gente bem educada. Também não mostres medo de coisa nenhuma. Na vida de um homem, a pior das coisas é o medo. De resto, vais encontrar gente porreira.

Passado o último domingo de presidiário, disse-lhe o carcereiro, quase bem humorado:

– Vais-te embora na sexta-feira. Parabéns e toma juízo. Pensa na honestidade, pensa em seres tudo no resto da vida, tudo, menos ministro...

Manhãzinha cedo vestiu o fato velho, calçou as botas e pegou na maleta e no boné. Celas além, no seu corredor, mãos acenando por entre as grades. Adeuses, olhares acesos de inveja, uma que outra ironia maldosa: "Até à volta, filho ingrato!"

No fundo, um pouco de medo da liberdade. Até mesmo à prisão se habituava a gente. Não fora o contrabandista, com toda uma oferta do futuro, e talvez pedisse que o deixassem ali ficar para o resto da vida. Mas não via possibilidades. Com a mesma presteza com que prendiam um desgraçado, também o mandavam embora sem nenhuma consideração. O Governo devia fazer uma lei protectora dos presos voluntários.

Levaram-lhe à cozinha onde comeu pão com toucinho e bebeu café com açúcar. Era o que pensava: ainda havia gente boa neste mundo. Se em tal momento alguém dissesse "fica connosco", teria ficado, apesar do compromisso com o Catarino Contrabandista.

Não era ainda a hora da saída. Andara aqui e acolá, em salas com senhores a escrever à máquina e também à mão. Teve de desenhar o nome num papel e por fim disseram:

– Estás livre daqui mas não dos escritórios militares. És refractário, bem o sabes. E isso agora é com eles. Sabes onde é? Claro que não sabes. Alguém te vai ensinar o caminho.

Dois guardas e uma carrinha. Viaja de mãos livres, o que acontecia pela primeira vez. E toca a atravessar ruas e mais ruas malucas, de gente e carros, como se o mundo fosse acabar ainda hoje. Seguiram-se portas, escadas e salas, também com gente a andar de um lado para o outro, a levar e a trazer papéis.

Empurrado pelo guarda (o outro ficou na carrinha), viu-se diante de um postigo rendado de amarelo. Um senhor com uma data de perguntas e a querer saber tudo ao mesmo tempo. O guarda respondia. E o senhor mandou esperar.

No banco comprido, rente à parede, o guarda cabeceava de sono. Ao fim de um ror de tempo, o senhor chamou e disse:

– Diga ao seu comandante que não há nada a fazer. O caso foi encerrado, todos os casos de refractários e desertores de antes do 25 de Abril.

A descer a escada, comentou o guarda:

– Tiveste sorte. Agora podes ir pra casa sossegado. Não vejo guerra nenhuma pra onde te possam mandar.

Não tendo ordens para o soltar, trouxe-o de volta à cadeia. A última palavra pertencia ao Comandante. Falava como se estivesse num presídio da tropa. Ao entrar no portão, lá estava a ordem: o Comandante queria ver o preso. Levaram-no. Um comandante diferente, não porque fosse outro, mas por causa dos cabelos brancos.

– Diz-me o que tencionas fazer?

Pensou no contrabandista.

– Vou prá minha terra.

– Óptimo. Tens dinheiro para a passagem?

– Tenho, sim senhor.

Refundeou a maleta e mostrou três notas de vinte escudos.

– Isto deve chegar. Depois eu vejo...

Viu-o mostrar os dentes

– Com isso, não verás coisa alguma. O dinheiro do teu tempo perdeu valor. Para mais, essas tuas notas já não valem nada, já não passam, foram recolhidas. – Mexeu numa gaveta e deu-lhe três notas de cem. – Toma e vai com Deus.

Cá fora o guarda avistou o carcereiro do segundo piso e anunciou:

– Tá livre.

Acompanharam-no ao portão. Pelo caminho, dizia o carcereiro:

– Tens alguma razão de queixa contra mim? Claro que não tens. Aqui ninguém maltrata ninguém, muito menos a ti, que foste um bom preso, sem falar daqueles diazinhos de segredo. Mas o que lá vai, lá vai. As ordens vêm de cima. Queres saber? Dói-me o coração quando tenho de meter um bom sujeito no segredo. Tás chateado comigo? – Não estava. – Ora bem, desejo-te boa sorte...

No meio da gente, na rua, sem pesos na consciência. Apenas estonteamento gerado pela confusão de todo o trânsito maluco. Horas e horas a andar aos encontrões com gente apressada. Pessoas desconfiadas, evitando-o, com o seu "tenha paciência", como se fosse mendigo a esmolar. Nem o escutavam primeiro, para o enxotar depois. Ainda assim, uma que outra o foi ajudando, até que à tardinha encontrou a rua com a bomba de gasolina.

Lá estava ela, a brilhar de metais brunidos, com um homem a aviar um automóvel. Dependurada a mangueira no gancho, recebeu o dinheiro das mãos de uma senhora e entrou na garagem. Ao vê-lo regressar, adiantou-se:

– Vossemecê é o senhor Ricardo?

O homem fez cara de quem não entende.

– Deve tar enganado. Aqui não há nenhum Ricardo.

Quis saber se por acaso não haveria outra bomba de gasolina nessa rua. Não, não havia, mas Lisboa estava cheia de ruas e de bombas de gasolina. E o que queria desse tal senhor Ricardo?

– Se quer que lhe diga, não sei. Era só para falar com ele, em nome do meu amigo Catarino. Ele sabe quem é. Julgo que sabe.

– Pois eu não sei nem tenho nada a ver com isso. Procure outra bomba. No fim da rua há uma praça, à direita, com duas bombas. E toca a andar, que tenho mais que fazer.

Virou costas, enfadado, e sumiu-se lá dentro.

Ficou a ver-se de boca aberta, sem saber o que fazer de si. Ter-se-ia enganado? Ele ou o contrabandista? Não andariam a brincar com ele? Forçou a memória, repetiu o nome da rua. Tinha de ser aquela. Para maior certeza, voltaria a perguntar ao homem. Ao abeirar-se da entrada da garagem, viu-o ao telefone. O homem também o viu. E ei-lo a gesticular. Que se fosse embora. Sim, iria, mas só depois de ter a certeza.

Findo o telefonema, veio até à porta, agora a parecer outro

e com outra cara menos inimiga.

– É o que lhe digo. Vá andando por esta rua, vire à direita, entre na praça e verá bombas de gasolina. É pertinho. Não precisa de correr. Se calhar, o seu amigo enganou-se no nome da rua.

– Nem quero pensar numa coisa dessas. Outra coisa, pela sua saúde: tem um sítio onde eu possa mijar? Tou rebentando.

– Venha daí.

Lá dentro, apontou-lhe a porta.

– Entre e mije à vontade.

Um automóvel vermelho, baixinho, bonito, parou junto da bomba. Um rapaz ao volante. Cabelos crescidos, roupa esquisita. Perguntou:

– O gajo?

– Tá lá dentro, mijando.

– Finge que metes gás. É só pra lhe ver a cara. Depois, manda-o embora. O resto é comigo.

Saiu para a rua, agradeceu o favor e ficou indeciso, que pensar já tinha pensado enquanto mijava. Em não encontrando o tal Ricardo, estava-lhe um caminho: voltar à terra, encarar aquela gente e fosse o que Deus quisesse. Para a passagem tinha o dinheiro dado pelo Comandante. Trezentos paus. Os seus sessenta, no dizer do Comandante, já não valiam um chavo. Uma escandaleira. O Governo fabricava dinheiro e depois dizia que não valia nada.

– Disse vossemecê que há mais duas coisas destas mais além. Não disse?

– Disse.

– Vou ver.

Maleta na mão, boné na cabeça, passo custoso, travado pelo cansaço de quase um dia de caminhada na cidade. Ao fim da rua, virou à direita. A praça, talvez maior do que a sua aldeia. A mesma confusão de gente e carros.

Por um instante, parara à beira do passeio, só para ver o rodopio. Ao dar um passo em frente, teve de pular para trás, por causa de um automóvel vermelho, quase em cima de si. Mas travado a tempo.

A mostrar cara de boa gente, um rapaz, ao volante, pediu desculpa e foi dizendo:

– É um perigo por o pé na rua sem primeiro olhar pra esquerda. Para onde vai você?

Recordou o conselho do contrabandista: "boca fechada pra toda a gente, menos o senhor Ricardo".

– Tou andando por aí.

– Isso vejo eu, mas se calhar não sabe onde tá. Vamos apostar em que você tá em Lisboa pela primeira vez. Acertei? – Abriu a portinhola. – Entre. Levá-lo-ei aonde quiser ir. Entre.

– Tá bem. Leve-me às bombas de gasolina.

– Bombas de gasolina, pra quê?

– Não é da sua conta.

– Certo. Apenas quero ajudar quem precisa de ajuda. Não se faça rogado.

Entre. Entre depressa, que não posso estar parado aqui. Lisboa não é a sua aldeia onde talvez se não paguem multas por tudo e por nada. Entre.

Relutante, entrou. Pela primeira vez iria andar num automóvel daqueles, baixinho, bonito. O rapaz devia ser rico de dinheiro e de coração. Embora parecesse perigoso, aquilo era um regalo de curvas e contra curvas, a fazê-lo tombar, ora para a direita, ora para a esquerda. Agora uma rua, depois outra, sem parar numa bomba de gasolina.

Achou por bem inquirir:

– Quando me leva onde quero ir? – Nenhuma resposta. – Já vi uma data de bombas.

– E já escolheu uma?

– Tenho de perguntar pra saber.

– Lá iremos. Por enquanto estamos a passear...

– Isso é vossemecê, que não sabe o que é uma pessoa com fome. Desde manhãzinha que tou sem comer nem beber. Tou quase morto.

– Diabo, dessa não sabia eu! Pois então vamos comer. Primeiro, comer, que o resto fica pra depois.

Mais uma rua e ainda outra. A tarde caía. A rodar devagarinho, foi o carro parar entre outros parados, numa nesga de rua. Só não parava o regalo de ver tanto desembaraço num rapaz.

– Vamos. Lá em casa há comida à farta.

A fome o obrigava a acreditar em fartura de pão em casa do proprietário de um tal carrinho.

Abriu a porta de um bonito prédio, com uma data de janelas, umas por cima das outras, que só de olhar punha dores na nuca. Seguiu-se o elevador a subir; outra porta a ser aberta e o acender das luzes com fartura. Um espanto. No chão, uma faixa de lã encarnada; vidros pendurados no tecto, com faíscas de encegueirar. E veio mais uma porta.

– Tira o boné.

O trato havia mudado. Agora era uma sala, também com vidros brilhantes de luz e grandes cadeiras. Dois senhores sentados. E disse o rapaz.

– Eis o homem. Diz que tem fome.

Decepcionados, ficaram a olhá-lo.

– Dá-lhe de comer. Depois trá-lo cá.

A cozinha. Outro espanto. Tudo a brilhar: armários, panelas e até mesmo o chão.

– Talvez precises de lavar as mãos... Entra aí, nessa porta, e lava-te.

Bonita banheira, bonita retrete. E tudo branco brilhante, sem cheiro fedorento. Isso fazia pensar. Ser rico era uma coisa maravilhosa. Estava à vista.

A voz também tinha mudado de tom:

– Senta-te e come.

Talvez não fosse de estranhar. Os ricos podiam falar como quisessem.

Comida fria mas saborosa. Até o vinho botava cheiro.

O rapaz saiu, para depois voltar:

– Vais ficar aqui esta noite.

– O que disse?

– Aquilo que ouviste. Não posso ficar aqui. Tenho de encontrar a bomba.

– Já encontraste.

– Encontrei? Não entendo.

– Melhor para ti. A conversa com os senhores foi adiada para amanhã. Agora, vais dormir.

Brancura de lençóis em cama macia.

Farto de comida e também de cansaço, adormecera depressa, mas acordou em sobressalto. Um pesadelo. Vira-se no segredo, e ser mordido pelos ratos, dos quais não se podia defender, por ter as mãos algemadas, atrás das costas. Escuro e nenhum outro ruído que não fosse o miar do gato, debaixo do pé.

Sem de imediato atinar onde estaria, tomou o afago das roupas pela troca do pesadelo pelo sonho leve. Certo da realidade, lembrou-se da existência de um candeeiro ao alcance das mãos. Premiu o botão e a luz teve o efeito de facada nos olhos.

Que horas seriam? Pensou naquele relógio comprado na Feira das Pulgas. Um mero capricho. Bom ou não, o cigano o tinha. Bom proveito!

O diabo do pesadelo tinha-lhe deixado tremuras nos braços, bem iguais àquelas outras sentidas ao atravessar fronteiras vigiadas. A pensar no passado, acabou pensando no presente.

Que diabo queria esta gente de si? Acaso não seriam amigos do defunto safado, dispostos agora vingá-lo? Ou eram amigos da Rosalina? A bem dizer, pouco sabia da vida passada da mulher. Havia sido criada de gente rica (seria esta gente?), não tinha pai, não tinha mãe, não tinha virgindade, mas talvez tivesse amigos, amigos ricos. E vinham agora os ricaços dar cabo dele. Mas se assim era, porque lhe davam de comer? Porque o punham a dormir em cama tão fofa? Não entendia.

Virou-se-lhe o pensamento para o Catarino Contrabandista. Estaria feito com os vingadores? Ele, que parecia tão amigo... Era seu este julgamento: "De um dia para o outro um amigo pode ser um filha da puta":

Não. O contrabandista, não. E porque não? Também acreditava no Arlindo do Poço e foi o que se viu. Que raio de mundo este?!

Antes de encontrar a resposta, o melhor seria fugir, voltar à terra. O padre Francisco iria ajudar. Escreveria ao Silva, a pedir o resto do dinheiro. Pensava como se não tivessem passado vinte anos sobre a última vez que viu o pobre abade. Ainda estaria vivo?

Fosse como fosse, a hora era de fugir e que se lixassem as bombas de gasolina.

Apagou a luz e escutou as paredes. Silêncio. Bem se lembrava da entrada, que o mesmo seria agora a saída.

Dissera o rapaz, ao metê-lo no quarto: "Despe essa roupa e veste isto". Um fato de pano verde. "Depois, pegas nisso tudo, mais as botas e a maleta, e deixa-o na casa de banho, aqui ao lado". Obedecera.

Sabia onde tudo isso estava. Mesmo às escuras lá iria e lá foi. De cócoras e às apalpadelas foi tacteando o chão ladrilhado, sem nada encontrar. O desespero o levou a acender a luz. Tudo quanto era seu havia desaparecido sem deixar rasto.

Em seu julgamento, a coisa estava à vista: Queriam liquidá-lo. E como fugir para a rua vestido de verde? O que não diriam as pessoas? Um maluco fugido do manicómio. Ainda assim, foi até à porta desse curto corredor, a desembocar noutro mais comprido. Fechada, a porta não cedeu. E novamente o tremor na carne dos braços.

"O medo é a pior coisa na vida de um homem", garantira o contrabandista. Pois, sim. Queria vê-lo ali, em seu lugar, para ver o que era borrar-se de medo. O medo não pedia licença para entrar na gente. E toca de esfrangalhar os nervos do infeliz até onde e como quisesse, para depois o envergonhar da sua própria cobardia. E não era só isso. Também se dizia ser um homem senhor de si e da sua vontade, com a liberdade de ir para aonde quisesse. Balelas inventadas pelos exploradores da inocência alheia.

Porventura quisera ali estar, embora em cama fofa? Quando e onde se imaginou metido num fato de pano verde? Dono fosse da sua vontade e estaria agora na rua, longe desta casa, a fugir de gente esquisita. Até lhe tinha levado a roupa e a maleta.

Tinha o quarto uma pequena janela à altura do tecto, numa das paredes. Por ela se apercebeu do romper do dia. Sendo isso uma certeza, o resto era mistério.

À laia do bicho enjaulado, andou cá e lá, que espaço não faltava, nem outro remédio senão o de esperar. A sair do quarto, entrou na casa de banho e que parecia ser apenas sua. Pelo menos até aí não tinha dado por vivalma lá dentro.

Serviu-se da retrete sem cerimónias. Como o havia ensinado o rapaz, na véspera, puxou água, por meio de botão saliente numa bonita caixa branca, e ficou a olhar aquela pia, ao lado, em forma de berço de loiça. A abrir as torneiras brilhantes, maravilhava-se com o facto de uma botar água fria e outras, água quente. A pensar nesse milagre, reparou no espelho, por cima da pia mais alta. Lá estava a barba espigada e mais ainda: cabelos brancos, a despontar com fartura.

Outra vez a lembrança do contrabandista: "Vinte anos dão pra fazer muita coisa. Sobretudo, duas coisas: criar piolhos e cabelos brancos". Deu de ombros. Não iria envelhecer sem primeiro chegar à França, onde ganharia uns cobres para a velhice. O Silva ajudaria. Mas o Silva ainda estaria vivo?

Uma porta se abriu algures, o que tanto podia ser bom como mau sinal. Sinal de começo do dia, para seu bem, ou de uma qualquer patifaria congeminada durante a noite. Por que razão os dois senhores tinham mudado de ideias? Queriam falar-lhe na véspera, mal matasse a fome, e eis que, segundo o rapaz, adiavam a conversa. E que espécie de conversa?

Arriscou a abertura de uma nesga da porta. Ninguém. Apenas passos abafados, a lembrar gatunos. Minutos após a porta do corredor se abriu e apareceu uma mulher de avental, cabeça atada, vassoura e balde.

– Vossemecê sabe onde puseram a minha roupa?

Viu a mulher recuar, tomada de susto. E quando recomposta:

– A sua roupa? Não sei de nada.

– Tava ali e já não tá. Também faltam as botas e a maleta.

Apareceu o rapaz metido num casacão azul, até aos pés, atado na cintura. De sorriso aberto, parecia o melhor dos benfeitores.

– Bom dia! Dormiste bem? – Voltou-se para a mulher: – Maria, vais limpar isto depois. Por agora, trata do pequeno almoço. Este meu amigo também almoça. Está de passagem.

Foi-se a mulher e as coisas viraram-se do avesso.

– Quem te mandou sair do quarto e andar a interrogar as pessoas?

– Quero a minha roupa.

– Ala para o quarto e boca fechada.

– Quero-me ir embora.

– Claro que vais. Não tarda muito.

– Com certeza?

– Ala.

– Que mal fiz eu ao senhor?

– Nenhum. Faz o que te disse.

Passada uma hora reapareceu a mulher com um tabuleiro com comida em loiça fina. O rapaz veio vigiar, sem cerimónias.

– Meu caro amigo, desejo-te bom apetite! – Para a mulher: – Podes ir, Maria.

A Maria se foi.

– Com que espécie de instrumento fazes a barba?

– Há que tempos não faço a barba a mim próprio... Na França era com uma navalha.

– Vou-te ensinar a usar uma máquina.

Barbeado, lavado e comido, ali se via ele à espera, não sabia de quê, e ainda metido no pijama verde. Uma longa espera, que longas são as esperas mediadas pelo desespero. O que andariam eles a tramar?

Porta aberta e eis o rapaz de mãos ocupadas: roupa castanha, sapatos da mesma cor, camisa e cuecas brancas e peúgas pretas. E nada de aparecer a maleta!

– Tens dez minutos para te vestir. Volto já.

Regressado, olhou-o de cima a baixo.

– Já pareces gente.

– Pra que é isto?

– Para andares como uma pessoa civilizada.

– Só isso?

– Só isso.

– Eu podia calçar as minhas botas. Estes socos tão apertados de mais prós meus pés.

– Alargam. Vais ver.

Nada disso era novo mas era limpo.

– Vem comigo.

– E a maleta mais o boné?

– Não penses nisso.

Alcançaram aquela mesma sala. Lá estavam os dois senhores afundados em cadeiras lustrosas. Um deles disse ao rapaz:

– Podes ir...

A seus olhos, esses senhores pareciam gente boa. Disseram "bom dia" e mostraram os dentes, brancos, bem feitos. Não eram nem muito velhos nem muito novos. Mais ou menos a sua idade. E vieram as perguntas. Como se sentia, se estava em forma, quais os caminhos seus conhecidos na fronteira?

Conhecia dois, mas o melhor ficava ali para os lados de Castelo de Vide, um pouco para o Sul e mais um pouco a Norte de Valência de Alcântara. Caminho mais comprido mas mais seguro, sobretudo nas noites de sábado para domingo.

– Aprendi com os ciganos.

Até aí calado, o outro senhor acenou com a cabeça e disse "cierto", em espanhol. E assim se via tratado por Você e por Usted.

– Óptimo. Você dá provas de inteligência. De bom comportamento e honestidade, já eu sei. E, como inteligente que é, vai esquecer certos nomes. Por exemplo... Ricardos e Catarinos. Nunca ouviu tais nomes. Entendeu?

Nada sabia da razão do pedido, mas aquiesceu:

– Sim, senhor, nunca ouvi.

– Esplêndido! Agora, pense, pense bem no que vai dizer. Não receia encontrar alguém conhecido naquelas paragens, suas conhecidas? A sua terra não fica nesses lados?

– Não, senhor. A minha terra fica no outro lado, prás bandas do pôr-do-Sol. Pra mais, não quero ver ninguém da minha aldeia. Tenho vergonha. O senhor sabe o que me aconteceu?

– Sei. Azares da vida. Por isso mesmo o quero ajudar a encontrar uma nova vida. O passado passou.

– Vai-me ajudar a voltar prá França?

– É possível. Depende de si, da sua inteligência. Quando estará pronto para atravessar a fronteira?

– Numa noite de sábado. Que dia é hoje?

– Exactamente, sábado.

– Então pode ser hoje. É só me lá porem ao anoitecer e andar por ali até à meia-noite. Tenho de chegar ao outro lado de madrugada.

– Chegará.

Os senhores puseram-se a falar numa língua de trapos. Por fim, mais uma pergunta do senhor português:

– Conhece bem Valência de Alcântara?

– Mais ou menos. Já lá tive uma data de vezes – exagerava mas valia a pena, por amor da França. – Ia lá em dias de feira.

– A andar a pé, quanto tempo levará da raia a esse lugar da feira?

– Umas duas, três horas.

Voltaram os senhores a falar a língua de trapos. Coisas só para eles. O senhor espanhol puxou do bolso um cartãozinho amarelo, quase quadrado, e o entregou ao senhor português e o senhor português falou em língua de gente:

– Você vai levar uma encomenda... e só a entregará a quem lhe mostrar um cartão igual a este. Certamente, um homem. E nada de troca da palavras. Não precisa de falar. Confiamos em você. Quem a nós o recomendou, garantiu que você era um homem honesto. Por isso, confiamos.

– Pode confiar. Nunca roubei nada a ninguém.

– Nem iria roubar agora. Note bem e não esqueça. Para si, a encomenda não tem valor algum.

– O que é?

Nada de importância. Desempenhe a missão e será recompensado. Aliás, será pago imediatamente. – Foi abrir uma gaveta e voltou a sentar-se, com uma carteira preta nas mãos. – Dinheiro português e espanhol. Também aqui estão as suas três notas de cem. Gaste o dinheiro conforme entender, mas discretamente. E não se esqueça: no momento em que você sair do carro, esta noite, mais conveniente, estará entregue a si mesmo. Irá sozinho e voltará sozinho, caso queira voltar. Outra coisa. Você sabe onde está?

– Não, senhor.

– Saberia cá voltar?

– A esta casa, não. Agora à cidade, talvez. Digo mesmo que sim. Eu tenho faro. Vejo uma coisa e essa coisa fica-me na cabeça.

– Seria capaz de reencontrar a bomba de gasolina, onde esteve ontem? Sim ou não?

– Com toda a certeza. Sei o nome da rua. Fazia como fiz ontem. Ia perguntando às pessoas.

– No caso de regressar a Lisboa, pode passar pela bomba mas não faça perguntas. Espere que alguém fale consigo.

Apressadamente o fizeram sair do prédio e entrar num carro estacionado à beira do passeio. Não seria isso para um ganho de tempo e sim para lhe tirar a possibilidade de fixar o local.

Preocupação desnecessária, porquanto estava com o sentido nesse calçado incómodo e abaixo dos tornozelos. Ainda assim teve de transpor o passeio em três passadas, dado o impulso do empurrão: um tipo violento, um tanto mal-encarado.

– Entra.

Voz seca, autoritária.

Sentou-se onde o tipo o mandou sentar: no banco de trás. Agora era tudo diferente: o chofer e o automóvel. Em vez do rapaz, era um homem; em vez do carro vermelho, baixinho, era um carrão preto e espaçoso.

A passar ruas e mais ruas, pensava naquela gente. Gente estranha. Ou era ele a estranhar a vida da gente rica? Se uns falavam com boas maneiras, outros mostravam sete pedras na mão. O rapaz era um deles. E este tipo ia pelo mesmo caminho, a não ser que fosse feitio de nascença. Bem dizia o padre Francisco que nem todos eram iguais. Se assim era, paciência.

Tinha já conhecido e tratado com uma data de gente e ainda não tinha visto duas pessoas parecidas. Embora fossem amigos, o Silva não era igual ao Juca, nem o Juca era igual ao Anselmo. O contrabandista também era diferente, tanto no trato como na conversa. Passara um ror de anos numa gaiola com mais três gabirus e nenhum era igualzinho em tudo quanto faziam e diziam. Dois brancos e um preto. O preto ria e chorava por tudo e por nada mas era um gajinho fixe.

Prédios a passar, em ruas largas e estreitas, com ele a ver e a recordar gente e conversas, em silêncio, que o chofer não falava.

Os brancos eram outras vasilhas, vasilhas cheias de brincadeiras e ditos vergonhosos. Chegavam a desafiar o pretinho para a pouca-vergonha, como se ele fosse uma rapariga. Apostavam cigarros no vento mais ruidoso das tripas. Certo dia...

Uma travagem brusca o chamou ao presente. Assustou-se, sim, mas não estranhou. Já na véspera o carrinho encarnado tinha feito o mesmo, por causa das luzes vermelhas.

Aproveitou o encontrão com o banco da frente para dizer alguma coisa:

– Tá um dia bonito, não tá?

Nenhuma resposta. O cara-fechada chegou o isqueiro ao cigarro e puxou a fumaça, o que o levou a pensar que há muito tempo não fumava. Encolheu os ombros. Que se lixassem o cigarro mais a lembrança! A preocupação continuava a ser a da ausência da encomenda. Atravessar a fronteira com as mãos a abanar? Não teria esse tipo catrafilado a encomenda e dizer depois ao patrão que foi ele? O que não pensaria aquele senhor tão bem educado?

À altura do coração apalpou a carteira preta. Dois grandes dinheiros. Português e espanhol. Sinal de que o senhor era previdente. Parecia ter adivinhado a ideia da fuga para a França. E isso tinha de acontecer. Com ou sem encomenda, este país não lhe comeria os ossos. Iria trabalhar enquanto pudesse. Com a ajuda do Silva, compraria uma casinha, lá mais pra riba, longe do meio da cidade maluca, a mostrar mulheres nuas.

Passado tempo, em andamento apressado, duas paragens: uma, na estrada, pra mijar; outra, numa povoação, pra comer pão com queijo e beber cerveja. O chofer a pagar a despesa sem palavras.

– O senhor sabe onde fica Castelo de Vide?

– Melhor do que tu. Só vou precisar de saber o sítio onde queres desembarcar. E não julgues que te vou perder de vista. Terei de te ver passar para o outro lado. Entendeste?

– Isso é que vossemecê não vai ver. Vou passar de noite, às escuras. E vou passar com quê? Onde tá a encomenda?

– Vai aparecer. E pronto. Acabou-se a conversa.

"Que raio de tipo este! Em vez de entreter a caminhada, encolhe-se, feito moita-carrasco".

Admirou-se quando mais adiante, ouviu:

– Verás de que maneira te hei-de ver passar a fronteira.

– Sim? Diga lá. Quero ouvir. Vai acender um holofote? Tá

louco? Não me desgrace. Ouviu o que eu disse?

Silêncio. Apenas o roncar do motor. Era de perder a paciência. Dava graças a Deus por o não ter feito brigão. Andar à porrada, nunca.

A mais de meio caminho veio o cair da noite dos lados de Espanha. Já de luzes acesas, o carro mostrava a poeira da estrada e uma data de bichinhos a voar, tudo adiante, que detrás nada se via.

– Parece que tamos a chegar, não tamos?

Nenhuma resposta. Pôs-se a pensar. Mesmo de noite, um automóvel não era a cela de uma cadeia onde se falava até chegar o sono. Ou o chofer não sabia o que era tar preso, com mais um, dois ou três no mesmo cubículo, de porta arejada...

Mais um ror de tempo e o carro guinou para a direita, numa espécie de atalho, com ele a ser jogado para a esquerda do banco. A correria abrandou e aumentou a cautela. Cascalho a estalar debaixo das rodas, como se fossem baratas calcadas.

Mais um pouco de caminho e viu-se a cismar perante aquela meia-luz a recortar pedras e arbustos, à semelhança do amanhecer. Não queria acreditar mas acreditou. Era o luar. Talvez uma Lua cheia a descobrir-se. Agora, sim: entendia o chofer. À luz da Lua vê-lo-ia passar... Um tipo esperto, já disso a saber. O que talvez não soubesse era os perigos dobrados nas noites de Lua cheia, mesmo que se avançasse de rastos.

Sem parar o carro, perguntou o outro:

– Já enxergaste o lugar certo?

– Tou olhando. Em sendo altura, eu digo.

Quanto mais para diante, em terreno deserto, mais o invadia o receio de caminhar à luz da Lua. Uma faca de dois gumes: um, mau; outro, bom. O mau, nos olhos de um qualquer dos guardas; o bom, no ver onde pôr os pés. Deste ou daquele modo, não iria recuar. Cumpriria a palavra dada ao senhor bem educado, a pagar o frete adiantadamente. Enganar uma pessoa confiante não era consigo.

– Pare aí. Quero ver melhor. – Apeando-se, olhou em volta e confirmou: - É aqui, sim, senhor, mas não vou já. É cedo. Que horas são?

– Onze e meia.

– Deixe passar a meia-noite. Depois da meia-noite os gajos tão com sono. Para mais, é sábado. Tão a pensar no domingo e no futebol. Foi um cigano quem me disse. Os ciganos sabem.

– Tá bem. Eu espero. E espero só pra te ver passar. Entra e senta-te, que sentado cansas menos.

Acendeu um cigarro, pousou os cotovelos no volante e a cabeça na mão livre.

– Sabe uma coisa? Cheguei a fumar mas deixei.

– Na cadeia não te davam cigarros?

– É verdade que não. Mas agora tá-me apetecendo um, só pra matar saudades. Quer dar?

Deu-lho e acendeu o isqueiro. Puxou a fumaça, tossiu, cuspiu e disse não.

– Sabe mal.

– Não o jogues fora, aceso. Dá cá, que eu apago. Pode haver olhos no ar...

Meteu-o no cinzeiro, ao lado do volante e ficou a tamborilar os dedos nessa roda, como se contasse os segundos, um a um. No escuro do carro, com tudo apagado, viam melhor a extensão do ermo à luz da Lua, vez por outra ensombrada pelas nuvens.

– Tá na hora. Meia noite. Toca a andar.

Saiu do carro. Noite bonita. Nem frio, nem calor, nem vento, nem vivalma em redor; só faltava a encomenda para que tudo estivesse certo.

O chofer veio afastar as costas do banco traseiro e enfiou o braço, para depois o retirar com uma maleta de coiro escuro. Pô-la no chão.

– Aqui tens a encomenda. É tua até ao outro lado. Sabes o que tens a fazer, não sabes?

– Sei. Tenho o cartão igual ao outro que hei-de ver, senão nada feito. Uma coisa... E se não aparecer o tipo do cartão igual? Disseram-me que ia aparecer ao pé do lugar da feira. Se não aparecer, o que é que eu faço com a encomenda?

– A esse respeito, não tenhas dúvidas. Ele vai aparecer. Até já sabe como tás vestido.

Pegou nesse quase malão, pesado como o diabo. Comparada com ela, a sua velha maleta era uma pena de galinha.

– Tem mais de vinte quilos, não tem?

– Talvez. Agora põe-te a andar. Só mais uma coisa. O patrão não te disse, eu sei, mas eu vou-te dizer, pra teu governo. Não penses fugir com a encomenda. Toma juízo. Nem que fugisses pró fim do mundo, alguém lá ia dar cabo de ti. Entendido?

– Essa agora! Vossemecê não sabe com quem está falando. Sou um homem honesto. Nunca roubei nada a ninguém. Vossemecê ofendeu-me.

– Acredito. Mas sempre é bom avisar.

– Já agora, diga o que é que tá aqui dentro.

– Não é da sua conta. Faz o que tens a fazer, a bem da tua

saúde, e não penses no resto.
Mirou a mala. Coisa bonita, cercada de ferragens e a parecer fechada a sete chaves. Ainda não tinha visto coisa parecida.
– E a chave? Onde tá?
– Também não é da tua conta. Não tentes abrir, que perdes o teu tempo, e até podes perder a vontade de respirar. Pagaram-te para fazeres o frete de boca fechada.
– Sim, senhor. Posso ir?
– Vai.
– Deseje-me boa sorte.
– Vais tê-la. Põe-te a andar.
Encostado ao carro, ficou a vê-lo afastar-se, até tornar-se um pequeno vulto e depois sumir-se entre pedregulhos e arbustos.

Sorte.... Ia tê-la, no dizer daquele chofer com cara de poucos amigos. Que se lixasse!

Andando e pensando. Quanto mais vivia mais certo ficava de ser coisa rara um amigo neste mundo. Alguém olhando direito para a gente. Uma data de safados a torcer o nariz, a mostrar desconfiança. Então nas ruas de Lisboa era aquilo que se via. Mesmo a pedir por favor uma simples indicação, mostravam-se as pessoas enjoadas, como se ele fosse caixote de lixo fedorento.

De vez em quando tinha de mudar a mala de uma para a outra das mãos, por causa do peso. Que diabo estaria lá dentro? Uns vinte quilos de qualquer coisa, mas qual? Muito esquisita era a gente rica. Que esquecesse Ricardos e Catarinos. Embora vivos, não existiam. Assim queria o senhor ricaço. Se assim queria, que quisesse. Tava-se nas tintas.

Seu destino era a França, aquele lugar no norte de Paris onde o Silva estaria mais o Juca e o Anselmo. Nunca vivera tão bem. Até tomava banho aos domingos, por vezes de modo divertido, como se fosse brincadeira entre todos. Essa era outra gente. Se por acaso havia uma zanga, ficavam chateados mas a chatice passava depressa. No outro dia estava tudo esquecido, ia-se para o trabalho e a vida continuava como dantes.

Andando e pensando, porque era melhor pensar nessas coisas do que magicar guardas de atalaia. Via-se criança a cantar no escuro, só por causa do medo de estar às escuras, sozinho. Se era no caminho, com a noite fechada, caminhava encolhido e a rezar para afugentar as bruxas. Só que hoje as bruxas eram outras. Vestiam farda e usava carabina, pronta a disparar. Oxalá tivessem pegado no sono e deixassem passar quem passava em paz. Não estava a furtar nada a ninguém. Apenas um favor, embora pago.

O pior eram os sapatos a não ajudar o assento dos pés num chão dos diabos, ora de raízes soltas, emaranhadas, ora de pedregulhos e cascalho. Ainda não entendera esse capricho dos governos. Afastavam as gentes umas das outras por meio de ermos, rochas e ravinas, sem proveito para ninguém, quando bem podiam aproveitar o chão e fazer cidades. Casas de um lado e do outro, com portugueses e espanhóis a dar os "bons dias". Mas não, senhor! Criavam aqueles desertos medonhos e lá ponham guardas e mais guardas de carabina aperrada, com medo dos vizinhos.

Os sapatos era outra esquisitice dos ricaços. Deixassem-no trazer as botas e o andar seria outro. Se fosse noutros tempos, mandaria os sapatos ao diabo e caminharia descalço, com a graça de Deus. Agora, tarde piaste. Então na França nem falar em pé rapado. Uma vergonha. De forma que se habituara aos chinelos e às botas. E pronto. Estava lixado.

Já estaria a andar há mais de uma hora sem ainda ter saído do lado português, mas estaria perto do lado espanhol. Se encontrasse um cigano, um qualquer contrabandista, de qualquer dos lados, o que iria fazer? Ainda não tinha pensado nisso, mas era bom pensar, por causa das surpresas. Podia acontecer tanta coisa. Em sendo um malfeitor, que o Diabo fosse cego e mudo, podê-lo-ia roubar e até matar; se fosse uma boa alma, a tratar da sua vida, então seria uma companhia bem-vinda, isso a que chamavam Camarada e com um destino igual ao seu, que este mundo, no respeitante a destinos, afinava-se pela igualdade.

Sobretudo, destinos em busca da sorte. Um passando a barreira, ele e o bom companheiro de jornada tomariam um copo na primeira povoação e cada qual seguiria o seu caminho. Isso já lhe acontecera aquando do seu primeiro salto, com ciganos e estudantes. Coisa de deixar saudade, que saudade só deixavam as coisas boas.

Como se acompanhado, andava e falava, de olhos no chão, quando a Lua alumiava. "Se queres que te diga, não me lembrava de ter visto a Lua pela última vez. Aí há uns vinte e cinco anos. É muito tempo, não é?".

Por pensar nessa coisa bonita, via a Lua ter os seus préstimos. Ajudava a ver onde pôr os pés, a não ser que ela também ajudasse os carabineiros a ver a gente. Mas talvez não. A lua era uma coisa limpa e se calhar inocente. Como tal, estaria do lado da gente de paz, a fazer pela vida.

Entrara em terreno de pedra solta e algo roliça, a constituir outra preocupação. Debaixo dos pés, a pedra rolava, batia noutra pedra e era uma barulheira no sossego desse deserto feito de medos. Mas também era preciso vencer o medo. O medo fazia uma pessoa ouvir e ver coisas inexistentes, e lá vinha o nervoso dar cabo da cachimónia.

Pelo pisar das solas deu pela mudança do terreno. Para trás haviam ficado os arbustos, a erva espigada; a pedra não era a mesma, para ser uma espécie de cascalho entre pedregulhos cada vez maiores, coisa a deixá-lo intrigado. Esse não seria o caminho seu conhecido, a não ser que tivesse mudado neste quarto de século. Fosse ou não fosse, estaria no lado espanhol. Respirou de alívio. Se até ali chegou, são e salvo, salvo e são teria de chegar ao fim da caminhada. O homem do cartão igual ao seu receberia a encomenda e ele andaria para diante, ao encontro do Silva.

Os carabineiros espanhóis estariam a dormir. Sono igual ao dos guardas portugueses. O sono não tinha pátria nem fronteiras. Pobres e ricos tinham de dormir do mesmo jeito, senão rebentavam ou ficariam malucos.

Quanto mais andava, maior era a certeza do caminho errado. Não era o dos ciganos, a passar roupas, nem dos contrabandistas de gado. Talvez fosse melhor assim. E, se era, Deus Nosso Senhor estaria ajudando um crente e amigo do padre Francisco. Tinha-o posto num caminho menos vigiado, o que era de agradecer. Benzeu-se.

Imaginou quanto pudesse acontecer, menos aquilo erguido diante de si: um declive pedregoso, mais longo do que alto. Pedra rugosa, enxergada à luz da Lua, um pouco a Sul e já por detrás das costas. Para encurtar caminho, tentaria trepar essa espécie de parede inclinada. Antes, descansaria um nadinha, tanto por causa dos sapatos como pelo peso da mala.

O dia estaria longe. Mijou e sentou-se, envolto em silêncio. Um silêncio aqui e além abalado pelo uivar de um cão, senão de um lobo, ou pelo trilado de um grilo. Em breve estaria livre de tudo isso. Mais uma, duas horas. Entregaria a encomenda, compraria uma maleta e ala a caminho da França.

Em novo contacto com a mala, lembrou-se do chofer: "Não tentes abrir, que perdes o teu tempo, e até podes perder a vontade de respirar". Que diabo estaria lá dentro? Farto estava de ouvir falar de contrabando, mas nunca com tanto mistério. De repente, exclamou: "Deus do céu!". Voltou a benzer-se.

Como foi possível não se ter lembrado disso antes? Sem aviso, nem sequer um zunzum, não o teriam metido nesse novo e rendoso negócio, o negócio mais rendoso do mundo, segundo diziam? Queriam ver que o tinham feito correio de droga? Iria responder que sim. Se assim não fosse, para que tanto mistério na bomba de gasolina e na casa dos ricaços? E ele sem ver coisa nenhuma. Ele, homem inteligente, no dizer do senhor português, que já antes o dissera aquele outro senhor no tribunal.

"Inteligente, eu. É de rir. Ou a inteligência nada tem a ver com a inocência e a boa fé?".

Embora o tivessem tramado, iria cumprir com a palavra. Entregaria a encomenda e que se lixassem. Não voltariam a pôr-lhe os olhos em riba. E Deus Nosso Senhor sabia porquê. Era quanto bastava.

Pegou na mala. "Vamos a isto e que se lixe o resto". O negócio não era seu; era dos outros, uns tipos que nem saberia dizer quem eram.

Preparado para ultrapassar o empecilho, um leve ruído o fez parar. Mais o instinto do que o cálculo o obrigou a agachar-se e de seguida estender-se no sopé dessa espécie de rampa, agora menos iluminada pela Lua, decerto encoberta. Nuvens baixas, brancas, rumavam para o ocidente. Bicho ou alguém estaria no cimo do ladeiramento.

Nesse mesmo instante a dúvida se desfez. Um foco de luz varreu o local, num rápido vaivém, sem o atingir. O pavor fê-lo esquecer a mala, para só lembrar a fuga e nela entrou. De bruços foi rastejando entre os pedregulhos, no sentido Sul.

Aos ziguezagues, a luz voltou, a passar-lhe por cima. Barriga e joelhos na terra áspera, cotovelos e mãos puxando o corpo para a frente, assim avançava entre os pedregulhos quando ouviu o raspar de solas, declive abaixo, e depois uma voz espanhola, aconselhando-o a entregar-se. Era cigano? Espanhol ou português?

Voltou a luz a varrer a área.

Continuou rastejando sem ruído. De entre os pensamentos apavorados, soltou-se a imagem do Catarino Contrabandista, quando ainda na primeira das duas cadeias. Em seu dizer, um tipo não devia fugir para longe da polícia, sempre que procurado. Pelo contrário. Devia aproximar-se, como se nada fosse com ele. Todos os polícias do mundo pensavam de igual modo. Tinham por princípio infalível a tendência generalizada do culpado em fugir para longe. Por isso mesmo o culpado, quando inteligente, devia aproximar-se: fazer aquilo que ninguém espera que ele faça.

Tivesse tomado um tal conselho e estaria agora a rastejar para o lado-norte, exactamente para as costas do guarda, e não para o lado-sul, por onde estaria ele a vir e não viria longe.

De cabeça rente ao solo, vista quase nula, não dera pelo facto de terem acabado as pedras altas nesse trilho. Quando nisso reparou, achou por bem recuar até à última das pedras mais altas. Aí escudado e de ouvido atento, decidiu esperar para ver, nem sabia o quê, a não ser a esperança da sumição de si mesmo, à semelhança da Lua atrás das nuvens, embora passageiras.

Longos minutos sem luz nem rumores de passos. O guarda teria desistido da procura. Terá encontrado a mala e com ela se contentara. Ainda assim manteria a imobilidade e a espera por mais algum tempo.

Silêncio, um silêncio pesado, aqui e além ferido pelo esvoaçar de uma ave insone.

Se longe vai já a Lua, próximo andará o Sol. Urgiria despachar-se antes do dia nascente.

Em seu juízo, apenas uma saída: a da fronteira francesa. Lembrança preocupante a da ameaça do chofer: "O patrão não te disse, eu sei, mas vou-te dizer, pra teu governo. Não penses fugir com a encomenda. Toma juízo. Nem que fugisses pró fim do mundo, alguém lá ia dar cabo de ti".

Acabou por encolher os ombros. Pois que vá! A França não era o fim do mundo. Para mais, não fugia com a encomenda. Culpassem o azar e não faltas de honestidade. Com quem tavam falando?

Mais uns minutos de espera. Silêncio. Nada bulia. E, por que tudo se calara, acreditou no milagre da salvação. Um tanto mais afastado, estaria o carabineiro entretido com aquela bonita mala. Talvez tenha já desvendado o mistério do recheio. Com essa quase certeza encorajante, preparou-se para a fuga. Primeiro, dois, três passos cautelosos; depois, a corrida para longe, com todo o fôlego do apego à vida.

Por simples ignorância, não podia prever as diversas armas ao alcance do guarda, mais próximo do que julgava. Além da luz e da carabina, dispunha da táctica e da experiência. Em iguais circunstâncias, qualquer dos contrabandistas procedia do mesmo modo: esconder-se, aquietar-se e esperar que o vigia se canse da busca e se vá embora.

Uma vez convencido de tal certeza, saía o contrabandista do seu esconderijo, olhava em redor, hesitava nos primeiros passos e logo deitava a correr.

Nesse momento tinha o guarda a servir-se de um dos dois recursos: a voz de prisão, obedecida, ou o uso da carabina, se o fugitivo não parasse.

E ele não parou.

FIM

Printed in Poland
by Amazon Fulfillment
Poland Sp. z o.o., Wrocław

64264443R00080